おとぎ話はなぜ残酷でハッピーエンドなのか

ウェルズ恵子

岩波ジュニア新書 993

まえがき

おとぎ話を読むたびに私が思うのは、「世界はなんとムゴイのだろう」ということです。すみません、この本を手に取ってくださったあなたは、キラキラ・ワクワクを期待しているかもしれない。いえ、おとぎ話にキラキラ・ワクワクを期待するのは間違っていないのです。でも、光は誰にでも降ってくるわけではない。その現実が、おとぎ話のポイントです。おとぎ話では、この世のムゴさにさらされている主人公が、救われるべくして救われる時に、奇跡が起こります。ムゴイ現実にさらされてこそのハッピーエンドです。

たとえば、ディズニー映画の初代『シンデレラ』(一九五〇)では、舞踏会やシンデレラの恋愛などの映像がファンタジックなので、シンデレラの判断や行動について、私たちはあまり考えずに映画を観ています。キラキラは、シンデレラの外側にあるのですね。

これに対して、言葉だけで進むおとぎ話では、シンデレラが家庭内での虐待(ぎゃくたい)に苦しむ子であることをしっかり描きます。「彼女の困難は嘘ではない、あなただって何かに深く苦しんだことがあるでしょう」と、語り手はあなたの胸の奥へ音にならない声を送りこみます。

影あってこその光――なんて、陳腐かもしれないけれど、人類の大多数が飢餓や病気や戦争におびえていた時代には、この世の暗さが圧倒的で、人は想像力で自分の内側に光を探さなければ生きていけなかった。だからおとぎ話はあるのだと、私には思えます。

二十一世紀のアニメーションの世界は、人が自分を信じ育てることの光の部分を、現実の暗さに対照させてよく描いています。『ヴァイオレット・エヴァーガーデン』もそうですし、『鬼滅の刃』もそうですね。主人公の置かれた環境は、はじめ殺戮と恐怖に満ちた世界ですが、主人公が困難を潜り抜けるたびに状況は救いに向かいます。ヴァイオレットや炭治郎のどんなところが、それぞれの運命を切り拓いたのでしょうか。

「運命と死についての教えこそ、文学の主要な機能のひとつである」とは、小説『薔薇の名前』の作者で美学、文学、哲学の研究者だったウンベルト・エーコ(一九三二―二〇一六)の言葉です（『文学について』）。おとぎ話は運命と死を掘り下げて教えるわけではないので、エーコのいう「文学」には入らないのですが、この指摘とは大事な点でつながっています。

それは何かというと、おとぎ話は、「人は必ず死ぬ」と自覚した多くの人々が死までの道のりを恐怖する中で磨きあげた物語群だということです。運命と死が話の出発点です。人々は、恐怖に圧倒される中で〈どうしたら生きていけるのか〉を考えて、物語りました。おとぎ話は、闇の先に解決の光を求めた無数の人々の共同作品です。

現代の日本では、多くの人にとって死は直近の恐怖ではなくなりました。しかし、あらゆるレベルの抑圧が人々を悩ませています。たとえば手足を傷つけられる主人公の痛みや、ワケも知らされずに家から追放される主人公の深刻な気持ちを、あなたの日常の苦痛と重ねて読んでもよいのです。あなたのリアルと物語のリアルは同じではない。でも、両方に共通するリアリティはあるかもしれません。

おとぎ話はなぜハッピーエンドなのか。この本はそれについて考えます。幸せな人が幸せを求めて旅に出るでしょうか。旅立ちの背景に、どれほど残酷な現実があったのでしょう。おとぎ話の主人公は、漆黒の闇を抜けて光をつかむ人なのです。

目次

イラスト　サトウテン

【おとぎ話の引用・出典について】

本書中のおとぎ話からの引用は、翻訳者を示していない場合は、英語の原書から著者が翻訳したものです。日本語に翻訳されていない本からの引用が多くありますが、本文中では、書名・著者名なども引用文と同じく、日本語に訳して示しました。原書についての詳しい情報は巻末の「引用・参考文献一覧」を参照してください。

「物語」として示したおとぎ話のあらすじは、それらの出典をもとに、著者が要約したものです。

序章　おとぎ話はなぜあるのだろう

❖「おとぎ話」とは

「おとぎ話」とはどんなものでしょうか。

試しに、ＡＩソフトに尋(たず)ねてみました。質問は、「「おとぎ話」の意味やイメージを簡潔に教えてください」（二〇二四年二月二十八日）。ＡＩの回答を引用します。

「おとぎ話」は、伝説的で幻想的な物語を指し、架空の出来事やキャラクターが登場し、不思議な要素が含まれます。これは子供向けの教訓や娯楽(ごらく)として知られ、魔法や冒険、幸せな結末が特徴です。日本や西洋などさまざまな文化で創られています。

「伝説的」「幻想的」「架空」「不思議な要素」「子供向け」「教訓」「娯楽」「魔法」「冒険」「幸せな結末」が特徴ですね。ふむふむ。なかなか良い答えです。でも少し訂正しましょう。

ＡＩソフトの答えには指摘されていないおとぎ話の特徴に、「暴力」があります。おとぎ話は人々の鬱屈（うっくつ）した欲望をファンタジックに満たし、憎しみを暴力的に解放します。悪とか害であると思われる対象を容赦（ようしゃ）なく破壊し、語り手と聞き手が共有している価値観を確認します。その点で、現代のアニメやゲームに直結する性質を持っているのです。

この本では、右のような特徴を持つ「おとぎ話」の中でも、子供向けに書き直される前の作品と、そのバリエーション（作り替え、新作）を扱います。おとぎ話が子供向けとされたのは、十九世紀以降のことです。その上で、この本では「幸せな結末」に注目します。物語中の怖くて不幸な出来事を読み解き、それと対照的に幸せな結末の意味を考えます。

❖物語ジャンルあれこれ

この本では「おとぎ話」という言葉を使います。元は口伝えの作品で文字文学としても展開した物語を指しています。「おとぎ話」にあたる言葉には、英語だと「フォークテイル」

(folk tale, 人々の語るお話、民話)と「フェアリーテイル」(fairy tale, 妖精物語)という用語があり、この二つには違いがあるようですが、区別の基準は曖昧です。私の感覚では、フォークテイルという用語は口頭伝承のイメージが強く、フェアリーテイルは、アイルランドではまさに妖精の物語を指しますし、そうでない場合には夢見がちな響きが強い。民話や昔話という言葉は、日本の物語を連想させる場合が多いようです。

次に、「伝承物語」のことを少し書きますね。伝承物語には、大まかな分類として神話、伝説、民話の三種類があります。

「神話」はその名の通り、神についての物語です。神話は神々の行いを物語り、世界や宇宙の仕組みを説明し、人間と自然の関わりを示しています。人間精神が神に憧れ永遠と理想を目指す寓話(たとえ話)として理解されることもあります。人間に火をもたらしたプロメテウスはゲームで人気の神様ですね。

「伝説」は、事実だったという前提で話され聞かれる物語です。ですから、場所や時代や人物がある程度特定されます。数多くのゲームやファンタジー物語の下敷きとなっているアーサー王物語は伝説です。アーサー王は実在したという前提があるからです。しかし同時に、伝説（レジェンド）の主人公は、実在するにはあまりにも優れているか特別な力を持つ英雄です。伝説の英雄たちは、神と人間の中間に位置します。

神話と伝説は古代から高い価値が認められ、職業的な伝承者に語られたり文書に記されたりしました。神話と伝説は、共同体を代表する語り手が世界や人間をどう認識するかに基づいて成立する物語なので、単純なハッピーエンドを迎えることはなく、多くの場合が悲劇をはらんだ運びとなります。この世の現実は暴力的なものであり、人は必ず死ぬのですから、語り手はその認識を表現します。

三番目の分類「民話」は、まさに人間の物語です。この本で扱う「おとぎ話」は、民話の分類に入ります。主人公には個別の名前がないのが普通で、時や場所も特定されません。そのため、話している人も聞いている人も、自由に自分を物語に参入させることができます。想像力さえあれば、誰でも簡単に民話の世界に迷い込めます。

自己投影できる登場人物には、物語上であっても幸せになってほしいですよね。ですので、民話の多くは明るい終わり方をします。ディズニープリンセスがみんな幸せになるのは、このパターンです。

❖おとぎ話の楽しみ方

この本は、西洋の物語を中心におとぎ話とその読み解きを紹介しています。読み方のマニュアルではありません。だって物語はどう読んだっていいのです、楽しければ。ただ、遠い昔から、物語によっては二千年以上前から、言い伝えられ形を変えつつ生き延びてきた物語たちなのですから、それを味わうのに現代の創作物語とは違うアプローチが必要です。

おとぎ話は暴力のメタファー(たとえ・比喩(ひゆ)・暗喩(あんゆ))に満ちています。現実世界が暴力に満ちているからでしょう。物語はその現実を写し、どう対処するかを伝えようとしています。そこに物語のエッセンス(存在意義)があります。物語が示す暴力の性質を見抜くことは、皆さんが現実世界のしんどさを整理し理解する助けとなるでしょう。

おとぎ話の登場人物たちは現実世界とは異なる行動様式を取ります。しかも、なぜそこでそうするの？と、意外に感じる点が多いことに加え、結末はごく単純に終わるのも腑(ふ)に落ちないかもしれません。そのため、おとぎ話のバリエーションである類話(るいわ)や昔の物語を書き換えた現代の創作物語は、あれ？と思う部分を補っていることが多いです。ですから、類話(同じ系列の話)を比較して、どこがどう変えられているのか、それはなぜかを考えるのは楽しみのひとつです。

古いおとぎ話の多くは、「人はどのように幸福にたどり着くのか」という普遍の関心事を、語りの中心に置いています。それは、生き残り方のレシピ、サバイバルゲームの物語でもあります。おとぎ話を楽しむコツは、一見単純でしばしば不可解なストーリーの中に、昔の人が語り継いできた「幸福への道筋」を読み解くところにあります。

❖現代の私たちにとって、おとぎ話の魅力

おとぎ話は、ハッピーエンドです。すべてがそうだとはいえませんが、現代まで生き残った伝承おとぎ話の多数が、「めでたし、めでたし」という感想で終わります。悲劇(サッドエンディング)は神話や伝説に多く、喜劇(ハッピーエンディング)は民話に多いのが基本パターンです。ハッピーエンドの物語が民衆に愛されて、口頭で伝承されやすかったということでしょう。

おとぎ話は紀元前から脈々と伝統を育んできましたが、特に西洋では下層の人々の娯楽だ

ったので、知識人には注目されないまま時が過ぎ、十八・十九世紀になってようやく盛(さか)んに記録され始めました。読み物として出版される時には、多くが子供用に書き直されて普及しました。同時に、不道徳な展開や残酷な要素が削除されていきます。

一方、不思議で残酷なおとぎ話の世界は、幻想小説家たちの関心をひきつけました。二十世紀の後半には、映画、アニメ、ゲームなどのメディアで「ファンタジー文化」というカテゴリーを得ています。おとぎ話を題材に使った作品を、皆さんもご存知にちがいありません。『赤ずきん』や『白雪姫』は、内容が怖い実写版の映画になっていますね。

物質的な豊かさとともに幸福の指標(しひょう)が大きく変化したせいで、現代では、おとぎ話が巧(たく)みに提示しているこの世の残酷さや自然の脅威(きょうい)が再び注目されているようです。加えて、パターン化された人間関係も、ゲームをはじめとする作品のキャラクター創作に貢献(こうけん)しています。

古代や中世には物質的に豊かであることが幸福に直結していたわけですが、その時代に発した物語が、物質的に豊かでありながら幸福が実感しにくい私たちの時代に再認識されています。本書を読んでくださるあなたは、おとぎ話のどんなところが魅力的だと思うでしょうか。

❖弱者のまなざし

おとぎ話は、どのような人々が語り伝えたのか。古い話に至っては二千年以上も生き残っているのですから、〇〇な人が語り伝えたと簡単に言い切ることはとてもできません。ですが、現在私たちが文字で読めるようになっている物語を記録者に口述した人々は、特権階級ではない庶民(しょみん)です。過去には、職業的な語り部(かたりべ)や芸能集団も数々ありました。この人々の大多数は社会階層が低く、差別や迫害を受けやすい立場でした。物語の聞き手もまた、圧倒的多数が王侯貴族などではありませんでした。

おとぎ話の主人公に女性が多い理由は、女性が弱者だったからでしょう。社会の底辺近くで生きていた物語の語り手と聞き手たちは、彼らにとって別世界とも思える王侯貴族や裕福な人々の生活を物語設定にしつつ、弱者である女性の立場に共感するところがあり、好んでプリンセスを主人公に選んだのではないでしょうか。

この本で扱った物語では、女性に対する差別が顕著(けんちょ)です。現実がそうだったのですから、当然です。一方で私は、物語を語りついできた人々が主人公の苦難を女性特有のものとしてのみ共感したとは思いません。むしろ、差別され苦難を強いられる女性主人公の人生に、男女を問わない弱者の視点が反映されたのだと思います。

たとえば、望まない結婚を断ったために主人公が森へ追放されてしまう話を、結婚相手を選ぶ自由がない女性の苦難として理解するだけではなく、「望まない人生を強制され断る自由がない人の話」と理解することもできます。ジェンダーや時代の枠組みを緩めて、私たちに共通する弱者のまなざしで読むと、物語は奥行きが深くなります。

❖想像力を働かせよう

物語りをしていた人々にとって、物語のシチュエーションは想像上のものでした。語り手が庶民なら、王女や王子を見たこともなければ、「素晴らしいご馳走」と言いながら豪華な料理は食したこともなかったでしょう。だから、どんな顔立ちの王女や王子なのかは描写されませんし、どのような食べ物が食卓に並んだのかも語られません。そこが、ビジュアル先行のアニメやゲームと違うところです。

王女や王子は美しく、ご馳走は美味しいものと決まっていて、あとは想像にお任せというわけです。古い物語は、聞く人の積極的な想像力があってこそ成り立つもので、語り手と聞き手が一緒にそれを作るところに魅力があります。

　私たちは、物語に示されたハッピーエンドが人生におけるリアルな結末ではあり得ないと知っています。物語のハッピーエンドは一つの仮想終点であり、読者はそこへ行き着く道筋を楽しみ、移動の過程で何かを学びます。幸福にたどり着く仮想経験をするわけです。

❖この本の組み立て

　この本で扱った物語はどれもヨーロッパを中心としたおとぎ話で、口頭伝承の記録に近いものとその類話(系列の物語)や後世の書き直し作品(文字文学)です。

　第1章では、一見すると似ていない三つの物語を選びました。『ざくろ姫』はペルシャのラブストーリーと『白雪姫』が合体したものです。『くるみ割りのケイト』はスコットランド起源の妖精物語、『十二羽の野鴨』は部分的に『白雪姫』と似ていますが、呪いや火あぶりの刑などのモチーフが出てきます。この物語を、アンデルセンは『野の白鳥』という童話に書き直しています。

これら三つの物語に共通するのが、「口がきけない、言葉を封じられている」という主人公の苦境です。漫画・アニメの『鬼滅の刃』の禰豆子（ねずこ）のように、これらの物語の主人公たちは口を封じられていたり、しゃべると悪いことが起きたり、目的達成のためには何があってもしゃべれない立場だったりします。口がきけない苦しさがどれほどのものかを知り、言葉の重みを考えましょう。

第2章では、『美女と野獣』につながる物語を扱います。西洋におけるラブストーリーの原型です。女と男のどちらかが、異類(神や動物など、人間でない存在)として登場します。主人公が女性なら、相手の男性は異類です。二人の間にある果てしない距離を埋めて、愛を育（はぐく）むにはどうしたらいいのだろう。その答えを探してみましょう。

第3章では、少女が腕を切り落とされるという残酷な話を紹介します。でも、衝撃的な暴力にのみ関心を奪われないでください。被害の裏にある家族の問題や、宗教弾圧、社会変化などを読み取りましょう。扱う三つの物語は類話で、グリム童話では『手なし娘』として書き直されています。少女はどんな経験を経（へ）て腕を取り戻し、幸せになるのでしょうか。

京都アニメーション制作の『ヴァイオレット・エヴァーガーデン』では、主人公のヴァイオレットが戦争という暴力によって両腕をなくしていますね。彼女は戦後、義手を使い手紙の代筆をする「ドール」になって、他人の感情を言葉に表す訓練を積みながら自分の感情を学び認識していきます。第3章で扱うおとぎ話の主人公たちも、長い遍歴(へんれき)をして自分を理解するに至ります。

第4章で取り上げる三つの物語は、『青ひげ』として知られる物語の類話です。あなたは「秘密」とは何か、考えたことがありますか。これらの話の主人公はみな、禁じられた部屋を開けてしまいます。その結果彼女たちに何が起こるか、彼女たちの行動をどう考えたらいいのか。「見たい、知りたい」と思うのは悪いことなのでしょうか。女性主人公に対する抑圧と好奇心や勇気の問題を考えてみます。

おとぎ話のモヤモヤQ&A 1

なぜ主人公はいつも美しいのか

たしかに、おとぎ話の最後に幸運を独占する主人公は美しいと決まっていますね。それなのに、顔や身体(からだ)のどの部分がどのような形をしているから美しいなどの、個別の描写はありません。たいてい髪や肌の色もわかりません。

聞き手が彼女または彼は美しいのだという前提を受け入れなければ、お話はそこで終わりです。そう考えると、語り手がいう美しさとは、物語の聞き手の誰もが合意できるような人間的な美しさ、美徳を備えた人物ということでしょう。

漫画などでも、今まで普通に友達づきあいしていた相手が、何かのきっかけで突然キラキラ見えて恋に落ちるというシーンはよくあります。それは相手の美しさに気づいたため、または相手が美しく思えるようになったためのキラキラ発生です。おとぎ話は、キラキラ発生までの手間を省いて、「美しい」という前提を最初からみんなで共有して出発します。

現代の物語は、人は誰もが価値ある存在で、個性の違いはあっても誰もが何らかの美しさを備えているという前提で成り立っています。他方、おとぎ話は、人の平等など想像もできない時代の世の中で、「あなたは主人公のように特別な人かもしれない」とささやいてくれる娯楽装置なのです。

そのため、主人公は美しい。そうです、現代に生きるあなたが、美しいように。

第1章

話してはならない呪い

白雪姫か竈門禰豆子か

突然ですが、もしあなたが、無実の罪をきせられたのに本当のことを言ってはいけない状況に閉じ込められたら、どんな気持ちがするでしょうか。そんなに極端ではなくても、意思疎通の手段を断たれて誤解され、いわれのない被害にあうケースは少なからずあります。

子供は黙っていろとか、生意気言うな、などと圧力をかけられることもあるし、仲間はずれにされて結果的に声を封じられることもある。周りの雰囲気や状況から察して、話したら自分は痛い目にあうかもしれないと感じる場合もあるでしょうし、『鬼滅の刃』の禰豆子のように、誰かを守るため口を封じざるを得ない人も、なかにはいるかもしれない。

この本の最初に取り上げたいのが、沈黙を強いられた人の物語です。コミュニケーションの不在とそれによる孤独は、自分の存在を抹消されるに等しい苦しみを私たちに強います。誰の理解も得られない、理解を求めて話すことを禁じられている、そういう主人公の話を読んでみましょう。彼女たちは、どのようにハッピーエンドを手にしたのでしょうか。

1 『ざくろ姫』——悲しみを聴いて破裂する石

「これは「忍耐の石」です」と石工(いしく)は言った。「深刻な悩みのある人が忍耐の石にそれを語ると、石が変化します。悩みが深すぎて、忍耐の石が悲しみに耐えられないと、石は膨(ふく)れあがって破裂します。でも、それほどの苦しみでもないのに大げさにとらえているときは、忍耐の石は膨れず、悩みを語った人が膨れあがります。そのとき、助ける人がいなければ、その人は破裂します」。

「ざくろ姫」、『アンジェラ・カーターのおとぎ話集』(Virago Press, 1990)より

❖白雪姫・禰豆子・人魚姫

おとぎ話の主人公は、話のはじめで強く抑圧されている場合が多いです。主人公の生命を危険にさらす重圧のひとつに、〈強(し)いられた沈黙〉があります。言葉やコミュニケーション

図1-1　マーガレット・オリビア・ウォルフソンによる児童書『忍耐の石――ペルシアの恋物語』表紙(Barefoot Books, 2001)

手段を奪う方法やいきさつにはいくつかありますが、ひとつの形として、主人公に課される長い眠りないしは仮死があります。意識のない人はしゃべることができませんから。

　代表的な作品が『白雪姫』です。グリム童話の『白雪姫』では、継母（ままはは）に美しさを妬（ねた）まれた娘が、継母に殺害を命じられた狩人（かりうど）の哀（あわ）れみに救われて森に捨てられ、七人の小人に助けられます。彼女は小人たちの身の回りの世話と引き換えに小人の家でかくまってもらいますが、白雪姫が死ななかったと知った継母が毒リンゴを持って訪ねてきて彼女を殺してしまいます。

　ガラスの棺（ひつぎ）に収められた白雪姫の美しさを、たまたま通りがかった王子が見初（みそ）め、遺体を引き取りたいと申し出ます。しぶしぶこれを受け入れた小人たちの許しを得て、遺体を城へ持ち帰る途中で運搬役の家来が躓（つまず）き、その拍子（ひょうし）に白雪姫の口から毒リンゴが吐き出され、彼女は生き返るという物語です。

悪事を隠したい犯人は、自分の悪事を知る人を殺害して黙らせます。仮死状態の白雪姫は、自分に起こったことを説明できないし、誰が犯人なのかを訴えることができません。死は、〈強いられた沈黙〉の最たる形です。

『鬼滅の刃』で人喰い鬼になった竈門禰豆子は、人間を食べないように口枷をはめられています。珠世の発明した薬の助けで禰豆子が人間に戻った時、彼女は自分の名をはっきり思い出し、また、瀕死の兄を抱きしめながら自分の思いを言葉にしました。口を人喰いのために使うのが鬼なら、意思伝達の道具として使うのが人間です。沈黙の存在(口枷をはめた禰豆子)は、人間でない者と人間との中間にいます。

沈黙している人物で完全には人間でないヒロインに、人魚姫(ディズニー映画ではリトル・マーメイド)がいますね。王子を救ったのは自分なのに、人間の姿になることと引き換えに声を失っているので、それを彼に伝えられません。アンデルセンの原作では、人魚姫は王子と結婚できず海の泡となり天に迎えられます。

この章で紹介する沈黙の少女たちは、不条理にも、人間らしく扱われない運命を背負います。彼女たちが、どうやって人間としての自分を回復したか読んでみましょう。

❖母親に妬まれた娘

最初に紹介するのは、『白雪姫』のバリエーションでアルメニアのおとぎ話『ざくろ姫』（"Nourie Hadig"）です。『ざくろ姫』は、アルメニアからアメリカに移民した人が一九二九年に口述し、記録された物語のひとつです。語り手のアカビ・ムーラディアン夫人は一九〇四年生まれで、祖国の悲しい歴史に翻弄されながら苦労してアメリカへたどり着き、ミシガン州デトロイトにあるアルメニア人のコミュニティで暮らしていたということです。

ムーラディアン夫人の物語では、主人公の娘は「白雪姫」(Snow White)ではなく、「柘榴の一粒」(Nourie Hadig)という呼び名になっています。主人公は裕福な家の娘とされ、王女ではありませんが、庶民から見れば別世界の生まれなので、ここでは「ざくろ姫」と訳します。「白雪」や「ざくろ」は娘の美しさを雪や透き通る果実にたとえた仮の名前で、娘の個人名ではありません。

『白雪姫』と『ざくろ姫』の主人公に共通するのは、母親の指示で殺害されそうになり、危うく助けられるけれども、森に追放される点です。これら二つの物語は、美しさを妬まれた娘が試練を受けて最後に幸福な結婚をするという大筋では同じといえますが、細部はたいへんに異なります。

最も重要な違いは、『ざくろ姫』の物語に「忍耐の石」(Stone of Patience)という大事なモチーフ(アイテム)が出ていることです。

❖忍耐の石と脇役の「ジプシー」

忍耐の石は、ペルシア神話に語られている魔法の石だそうです。この神話をもとに書かれたという現代小説『悲しみを聴く石』(アティーク・ラヒーミー著)には、〈苦しみを語れないことの苦しみ〉に悩む抑圧された女性の気持ちが表現されています。日本語にも訳されていて、二〇一二年に映画化(フランス・ドイツ・アフガニスタン)もされました。

忍耐の石が出てくる物語は、ギリシア民話、イスラエル(イエメン)民話、ペルシャ民話、トルコ民話に限られています。また、『ざくろ姫』の話には、姫と王子の結婚に障害となる「ジプシー」の娘が登場しますが、『白雪姫』系列の民話では、ジプシーの娘に関する葛藤(かっとう)のくだりはなく、忍耐の石も出てきません。『ざくろ姫』の物語のほうが、『白雪姫』より複雑に社会の問題を映し出しています。

移動型の生活をしていたロマの人々は、かつて「ジプシー」と呼ばれ、その呼び名が侮蔑的なニュアンスを含むために、この用語は現在では通常使いません。しかし、物語において「ジプシー」である登場人物は被差別要素を前提として人物設計がされており、それを単純に「ロマ」に言い換えることは、実在するロマの人々に物語上の差別的ステレオタイプを当てはめることになりかねません。そこで本書では、以下の文章で登場人物に対して「ジプシー」という呼び方をそのまま使っています。どうぞご了承ください。

❖王子をとられてしまう姫

この物語は、『人魚姫』の物語とも共通する部分があります。王子が、自分の命を救った人を見間違えて、主人公とは別の女性を結婚相手に選ぶのです。『ざくろ姫』の物語で、王子が七年間眠った後に目を覚ました時、たまたまそこにいたのがジプシーの娘で、王子は彼女と結婚することに決めます。そのため、ざくろ姫は大変苦しむのですが、事情を王子に説明しません。ジプシーの娘も何も言いません。この沈黙の意味を、一緒に考えてみましょう。

(物語)

あるところに金持ちの男がいて、妻はとても美しい人でした。その娘もまた美しく、「ざくろ姫」と呼ばれていました。妻は、新月が昇るごとに月に尋ねました、「新月よ、私とお前とどちらが美しいいか」と。月の答えはいつも「あなたが最も美しい」でしたが、ある時、月は「あなたのたった一人の子、ざくろ姫が誰よりも美しい」と答えます。娘に嫉妬した母は、娘を殺すようにと夫に迫ります。

父親は娘を連れて森へ行き、置き去りにします。娘は森をさ迷ったあげく、大きな屋敷にたどり着きます。そこには宝物がいっぱいで、立派な若者がこんこんと眠っていましたが、他には誰もいませんでした。するとどこからともなく声が聞こえ、彼女はこの若者の世話をするようにと言われます。食べ物を作って彼のそばに置きその場を立ち去れば、いつの間にか食べ物はなくなっていて、やはり若者は眠っているということなのでした。七年間彼の世話をすれば、この若者の呪いは解けるといいます。

　一方母親は、新月に以前と同じ問いをして、娘がまだ生きていると知ります。今度は自分の手で確かに娘を殺そうと旅に出ます。この間に四年の月日が流れていました。

　その頃、ざくろ姫が若者を世話している屋敷の前をジプシーの一団が通ります。ざくろ姫はこの一団に一握りの黄金を与え、自分と同じ年格好の少女をもらい受けます。そして残りの三年間は、二人が協力して若者の面倒を見ました。

　ある暑い夏の日に、ジプシーの娘が若者をうちわで扇いでいると、突然若者が目覚めました。七年間にわたって自分を世話したのがジプシーの娘だと思い込んだ若者は、自分は呪いで眠らされていた王子なのだと告げ、ずっと看病してくれたジプシーの娘と結婚すると言います。

　この成り行きをざくろ姫はつらく思いましたが、どちらの娘も真実を王子に話しませんでした。王子はざくろ姫が自分の世話の一部を担ってくれたと認め、お礼に何が欲しいかと尋ねます。ざくろ姫は「忍耐の石」が欲しいと言います。「忍耐の石」とは真実を知らせる石で、その石に向かって自分の悲しみを語ると、悲しみが真に大きければ石が破裂し、悲しみがいい加減なものなら語り手自身が破裂するのです。

　ざくろ姫はこの石を手に入れると、石に向かって、自分が森に捨てられてから若者が目を覚ましてジプシーの娘と結婚すると決めるまでのいきさつを、全部語ります。これを聞いた忍耐の石は破裂しました。王子は姫の語りを立ち聞きし、石の破裂を見て話が真実だと知りました。そして、次のように言います。

「ざくろ姫よ、私があなたではなくジプシーを妻に選んでしまったのは、私の落ち度ではありません。私は何も知らなかったのです。あなたが私の妻になり、ジプシーは私たちの召使(めしつか)いとしましょう」。これを聞いた姫は答えます、「いいえ、あなたはすでに結婚を決めて、もう婚礼の準備はできているのですから、あなたはジプシーと結婚しなければなりません」。

そうこうしている間に、ざくろ姫の母は彼女の所在を知り、魔女に命じて呪いのかかった美しい指輪を作らせ、王子の屋敷へ届けさせます。魔女は、ざくろ姫とジプシーの娘しかいないときに来て、お母様からのプレゼントですと言って指輪を置いていきます。

ざくろ姫は自分の殺害を企(くわだ)てた母がなぜ美しい指輪をくれるのかと訝(いぶか)りますが、ジプシーの娘が勧めるのでそれを指にはめ、目覚めぬ眠りに落ちました。王子は姫の世話をして三年間を過ごし、何人もの医者が彼女を目覚めさせようとしますが、上手くいきませんでした。

ある日、新しく来た医者が、ざくろ姫が身に付けているたくさんの宝石に目をとめ、指輪をくすねようとしました。指輪をはずした途端に姫が目覚めたので、医者は驚いてそれをまた指に戻します。でもこの出来事で、医者は姫の眠りの秘密を知りました。

医者は王子に掛け合い、姫を目覚めさせたら財宝をもらうという約束を取り付け、ジプシーの娘に命じて指輪をはずさせます。ジプシーの娘は「それはお母様から贈られた大事な指輪です」と言って抵抗しますが、結局、指輪は抜き取られ姫は目覚めます。

王子と姫は結婚し、姫はアダナ国の王妃となり、ジプシーの娘とは仲良しの友達になります。

一方母親は、再び新月に問いかけた折、「あなたの娘、ざくろ姫、アダナの王妃が誰よりも美しい」と言われ、怒りで即座に死んでしまいました。

◆『白雪姫』型と『シンデレラ』型

では、物語を最初から見ていきましょう。そもそも、ざくろ姫の母親はなぜそんなに娘の美貌を憎んだのでしょうか。母ないしは継母が娘に意地悪をする物語は数多くありますが、それらを代表しているものには『白雪姫』型と『シンデレラ』型の二つのパターンがあり、『ざくろ姫』を含む『白雪姫』型の場合、意地悪をする悪役は実母が原型のようです。グリム童話の『白雪姫』でも初版では実母だったのですが、実の母が娘の命をねらう設定があまりにも酷いので、娘を虐待するのは継母に語り直されています。

　これに対し、『シンデレラ』型では悪者は継母です。継母すなわち夫の後妻は、夫と血のつながりがある先妻の娘が、連れ子である自分の娘よりいい条件の結婚相手をあてがわれるだろうと危ぶんだため、先妻が残した娘を社会の目から葬り去ろうとします。夫の死後に自分を保護してくれるのは自分の産んだ娘たちなので、裕福になってほしいのです。ですから、『シンデレラ』の問題の根源はお金です。

　他方、『ざくろ姫』を含む『白雪姫』系列の物語で母が娘を亡き者にしたいと望む理由は、経済的なことではなく、女性の優劣を決める指標とされてきた身体の美しさです。それでは『白雪姫』や『ざくろ姫』は、若さの美が衰えた母が娘の美貌に嫉妬しただけの物語なのでしょうか。物語はなぜこれほど執拗に、実の娘に対する母の殺意を描くのでしょう。その裏には別の秘密がありそうです。身体の美しさは、それを認める人がいなければ成立しません。

❖隠されている父親の罪

『ざくろ姫』には、母親の殺意の理由を仄めかす部分があります。冒頭でざくろ姫の父親は、娘を殺してほしいという理不尽な妻の要望を一蹴することができません。強い家父長制を背景に語られている話にしては、ずいぶんと権威のない夫です。（グリム童話では、殺害を命じられるのは身分の低い狩人になっています。）父親は言われる通りに娘を連れ出しますが、殺せずに彼女を森に置き去りにします。

この展開は、夫すなわち娘の父親が妻の恐ろしい要求に抵抗できない何らかの理由があったことを暗示しています。その理由が何かは明示されませんが、身体の美しさに関連し、父親が娘に対して不適切な関心を寄せ、母親がこれを排除したがったとも考えられます。これについては、第3章の『腕のない娘』物語群でもう一度検討します。

通常語り手は、家父長制の頂点にいる男性の道徳的罪はあからさまに述べず、多くの場合、大人の女性を悪役として事件を解いていきます。大人の女性とはたいてい娘の母か義母・継母で、魔女とされることが多いのですが特に魔法が使えるわけではなく、知識があり悪賢いだけです。父親の隠れた罪を想定した視点で物語を見ると、悪人とされる母親は、実は最初に深く傷つき、さらに事件の罪を背負わされた被害者だとわかります。

それでは、被害者(母)が新たな被害者(娘)を生じさせるという二重被害の構造を、おとぎ話はどのように解決しようとするのでしょうか。

❖眠り続ける王子

主人公のざくろ姫は一人で森をさまよった後、眠り続けている青年を七年間世話することになります。ここからは彼女の自立の物語です。女性が社会的かつ経済的に安定して生きていくために、男性の保護者が必須だった時代や地域がかつては多くありました。ざくろ姫は父親という保護者を失い、次の保護者を得るために努力しなければなりません。

その場合、多くのおとぎ話では、超自然の力が運命の相手／男性を主人公に割り当てます。しかしこの人と幸せになるために、主人公は超人的な努力で苦難を乗り越える必要がありま す。物語の語り手たちは、親が決めた知らない相手と結婚するのが嫌だったのでしょう。また、お膳立て(ぜんだて)された結婚を自立の解決策とは考えていなかったようです。

おとぎ話では、女性自身が望む結婚の実現が、すなわち自立です。現代に生きる私たちは結婚を人生のゴールと見なしませんが、自らの意思を持ち、社会的経済的かつ精神的安定を得るために行動して目標を成し遂げるという意味では、結婚もひとつのゴールであり得ました。そうすると、おとぎ話が提示する自立についての考え方は、時代やジェンダーに左右されないことがわかります。

物語に話を戻しましょう。ざくろ姫は、眠り続ける若者を世話しなければなりません。天が彼女に選んだ男性は、反応しない物質のような状態にあります。閉ざされた屋敷に彼と二人きりになったところから、健康で幸せな夫婦になるまでのプロセスは、他人同士が家族になって幸福に暮らすまでに必要なことを教えます。物語をたどってそれを探ってみましょう。

❖孤独への敗北

ざくろ姫に課されたことは、若者の世話でした。第一ステップは、自分の仕事をきちんとすること。ところが、彼は深く眠っているだけで話しはせず、お礼を言ってもくれません。姫にしてみれば、自分を全く認識してもらえず一人でいるのと変わりありません。あと三年を残したところで彼女はジプシーの娘を呼び込みました。でもそれが、次の苦難を生みます。

七年の月日が経って若者が呪いから放たれ、目を覚ました時、たまたま彼のそばで世話をしていたのはジプシーの娘でした。若者は最初に目に入ったこの娘が、自分の世話をして呪いを解いてくれたのだと思い込み、自分の身分を明かしてジプシーの娘を結婚相手に決めます。この展開は、ざくろ姫には耐え難いものでした。

でも彼女は、王子の思い違いを指摘せずに黙っています。ジプシーの娘に対しても何も言いません。なぜでしょう。姫はこの時、姿のない声に命じられた王子の世話を、自分一人でやり通さねばならなかったのだと気づいたでしょう。彼女は、七年間のうちの三年間を、孤独から逃げたのです。沈黙せざるを得ないことが、彼女の次の試練でした。

❖追体験される苦しみ

王子とジプシーの娘との婚礼の支度が整い、婚礼前に遠出する王子がざくろ姫に彼を世話したお礼の土産を買ってこようと申し出た時、彼女は「忍耐の石」が欲しいと言います。「忍耐の石」は、苦しむ人の話を聴き、話し手の命を賭けて苦しみの真偽を占う魔法のアイテムです。姫は、王子が持ち帰った忍耐の石に自分の身に起こったことを語ります。すると忍耐の石が爆発し、立ち聞きしていた王子は真実を知ります。

王子は結婚相手を変えると言いますが、姫はそれを断ります。「婚礼の準備はできているのだから」と言って。なぜざくろ姫は、王子からの結婚の申し出を断ったのでしょうか。

その答えを知るために、物語の先を見直しましょう。王子の申し出を断った後、ざくろ姫は母の奸計にかかって深い眠りに落ちます。そのため、今では姫を自分の結婚相手だと思っている王子が、仮死状態の姫を世話します。つまり、王子はかつての姫の苦しみを追体験するのです。物語の語り手は、ここで王子にも苦難を与えました。その理由は、彼がざくろ姫を幸福にするにはまだ不十分な人間だからです。

忍耐の石が破裂して王子が事の次第を知った時、彼はざくろ姫の苦しみを共有せずに「自分は知らなかったのだから仕方がない」と言いました。そして簡単に結婚相手を変えようとしました。そのように選ばれても、幸せなカップルにはなれないと語り手は伝えています。

ある人が誰かに強いた苦しみは、「知らなかったから」という一言で帳消しにはできない。だから王子はざくろ姫と同じ忍耐を強いられ、彼女が孤独に負けてジプシーの娘と共に王子を世話したのと同じ三年間で王子は自由になります。人は、壮絶な孤独を耐え抜いて幸せにたどり着く、孤独に負ければ自ら災（わざわ）いを招いてしまうと、物語は教えています。

❖ジプシーの娘とは誰か

最後に、物語の流れを転覆（てんぷく）させるジプシーの娘とは、いったい何者なのかを考えましょう。

この娘は最初からほとんどしゃべりません。物語の後半まで、流れに関わる会話はありません。ところが、呪いの指輪を持った使者（魔女）が来た時、彼女は「指輪が何か悪いことでもするのかしら」と言って、姫を安心させます。また医者が指輪を外そうとした時は、「それはお母様からの贈り物」だと言って、悪い魔法が続くのを願っているかのような発言をします。

こうしてみると、娘が姫のライバルだから、姫の邪魔をしていると考えられます。一方で、忍耐の石が破裂した後に、王子が娘ではなく姫と結婚すると言っても、指輪の一件以外は邪魔するような言動をしません。しかも、王子が姫の世話をした三年間は、協力しています。物語の最後では、娘と姫は真の友人になったとあります。一貫した人格が見えませんね。

まず、ざくろ姫の幸せを阻（はば）むジプシーの娘を呼び込んだのは、姫本人でした。娘は姫の中の弱い部分、幸せを完成できない要因、彼女が認識すべき自分の影、すなわち彼女の不徳や未熟を具現化した人物なのではないでしょうか。その証拠にジプシーの娘は、物語中で姫の心が揺(ゆ)れた時に存在感を示します。最初は孤独に負けた時、次は美しい指輪に誘惑された時です。どうやらジプシーの娘は、もう一人のざくろ姫だと言えそうです。

ざくろ姫を差し置いて王子と結婚するはずだったジプシーの娘は、最後で姫と親友になります。もし彼女が主人公に対立する悪者なら、結末でバラバラにされて抹消(まっしょう)されているはずです。姫の殺害を二度も試みた母は、失敗に対する怒りで死んでいます。

一方、語り手はジプシーの娘をざくろ姫に対する悪とは考えていません。彼女は、もともと姫の一部、弱さの化身(けしん)だったから、姫の人格が完成した時に姫本人と真に和解しました。幸福とは、自らに打ち勝った時にこそ得られるものだということなのでしょう。

❖沈黙を強いられた人々

この物語の悪役は、いうまでもなくざくろ姫の母親です。彼女は怒りで即座に死んだとあります。とはいえ誰かから酷い処罰を受けたわけではなく、あっさり自滅し消えています。

物語の語り手は、母が極悪だとは思っていないようです。父はまるで存在感がなく、この節の最初で私が想像した父と母の秘密は最後まで明かされません。

語ってはいけないことが世の中にはあるのだと、語り手は知っているのです。現在ならば、家族内の問題を訴え出る方法はありますが、この物語が生まれ語り継がれた時代には、被害者は全く無力な弱者であり、社会の道徳観やジェンダー観も異なっていました。

物語を伝えてきた人々自身が社会や家庭で恒常的に暴力を経験し、その重圧のもとに沈黙を強いられていたともいえます。それでも何かを語らずにはいられなくて、物語は生き続けてきたのかもしれません。ハッピーエンドに、大きな救いと希望とを感じます。

❖犠牲者としての悪役

主人公の母は、ざくろ姫を実家から追放することで、結果的に、何らかの危害から彼女を遠ざけたと読むこともできます。そのために姫は、苦労はしましたが、自立して幸せにたどり着きました。おとぎ話の悪役は、ネガティブな行動をして強制的に主人公を幸福への長旅に押し出す、大事な要素です。

そして多くの場合、悪役となる人物は社会が抱えた矛盾(むじゅん)の犠牲者であり、最後まで沈黙を強いられた人々です。主人公の母親も、なぜ自分がそのような行動に及んだかについて釈明の機会は一度も得られないまま、自滅していきます。

一方「忍耐の石」は、抑圧された人々の苦難を身をもって受け止め、自らの破壊によって人々を解放する、聖なる犠牲のシンボルですね。この物語には、〈主人公の破壊を望む母〉と〈主人公を束縛(そくばく)から解放する忍耐の石〉という二つの存在の、破壊と消滅が仕組まれています。その二つが、抑圧によって強いられた沈黙の深刻さを記しています。

2 『くるみ割りのケイト』――もの言わぬもう一人の自分

ケイトは、誰にも気づかれずにドアの陰に隠れ、様子をのぞき見ました。王子は踊って、踊って、踊って、とうとう踊れなくなって長椅子に倒れこみます。すると妖精たちがうちわで扇(あお)いで、王子が立ち上がるとまた踊らせました。

「くるみ割りのケイト」、ジョセフ・ジェイコブズ編『イギリスおとぎ話』(一八九〇)より

❖頭が羊になった姉

意思疎通や自己弁護を封じる呪いの方法にはまた、人を動物に変える魔法があります。動物にされた人間は、気持ちや思考は人間のまま動物の肉体に閉じ込められ、苦悩(くのう)します。動物である外側の自分と人間である内側の自分がいて、それを誰にも知らせることができません。

図 1-2　魔法の杖を持った妖精の赤ちゃんとケイト。『イギリスおとぎ話』の挿絵

〈ダブル〉(二重人格)の苦悩というと、人狼伝説のようにいささか深刻にもなりますが、これをもっと軽やかに扱ったおとぎ話もあります。スコットランドに古くから伝わる妖精物語『くるみ割りのケイト』です。

この物語には〈ダブル〉を暗示する重要なエピソードがあります。主人公の名はケイトで、彼女には母親が異なる姉(または妹)がいます。これから紹介する物語では二人に名前がついているのですが、それは物語を聞き取りで記録したジョセフ・ジェイコブズ(一八五四―一九一六)が、読みやすいように書き加えたからで、語り手のオリジナルのバージョンでは、姉妹の名前は両方ともケイトだったそうです。

少女が二人いるのに名前が一つなのは、物語としては不思議ですし、わかりにくいです。でも、よく考えるとこれには理由があり、物語を記憶し伝承してきた語り手たちが、姉妹をセットで一つの人格として捉えていたと思えるのです。英語のシスター(sister)は、年齢の上下を示しません。姉か妹かの区別がなされていないことも、この物語では大切です。
それでは、〈ダブル〉かもしれないケイトの物語を読んでみましょう。

（物 語）

昔々、王様とお妃様がいました。王様にはアンという娘が、お妃様にはケイトという娘がいました。二人は本当の姉妹のように仲良しでした。

アンはお妃の娘のケイトよりもきれいだったので、お妃は嫉妬してアンの美しさを台無しにしてやろうと考え、ヘンワイフ（魔女）に相談しました。それならば、お姫様に朝食を食べさせずに私の所へ来させなさいと、ヘンワイフは言いました。

翌朝アンは、お妃に命じられたとおり谷間に住んでいるヘンワイフのところへ出発します。城を出る前に台所でパンのかけらを見つけ、食べました。ヘンワイフの家に着くと「鍋の蓋を開けてごらん」と言われてその通りにしましたが、何も起こりませんでした。

お妃はアンが何か食べたとわかったので、翌日は城を出るまで見張り、空腹のまま出かけさせました。ところがこの王女は、途中で村の人々が豆を収穫している畑を通り、両手にいっぱい豆をもらったので道々それを食べました。ヘンワイフのところで、また、「鍋の蓋を開けて」と言われその通りにしましたが、何も起こりませんでした。

三日目は、お妃がヘンワイフの家までアンを連れていき、アンが鍋の蓋を開けると彼女の頭が落ちて羊の頭が代わりについてしまいました。

さて、アンと仲がよかったお妃の娘のケイトは、アンの羊の頭にきれいな布をかぶせて彼女の手を引き、二人で旅に出ました。歩き続けて、ある城にたどり着きます。ケイトはドアを叩き、自分と病気のアンを泊めてほしいと頼みます。城には王子が二人いて、そのうちの一人は病気で死にそうです。病気の王子を夜に看病した人はみんな消えたそうです。王子の夜の看病ができたら銀貨をもらえると聞いて、ケイトは引き受けることにしました。

夜中の十二時、病気の王子が起き上がり服を着て、階下へ降りていきました。王子が馬に鞍を置いて乗ったので、ケイトもすかさずその後ろに飛び乗りました。森を抜けて走る間、ケイトはくるみの実を木からもぎ取って、エプロンのポケットに詰めておきました。緑の小高い丘に着いたとき、王子が言います、「開け、開け、緑の丘よ、若い王子と馬と猟犬を入れておくれ」。ケイトがすぐに言い足します、「王子の後ろの娘も一緒に」。

緑の丘が開いて中へ入ると、明々と照らされた広間に美しい妖精がたくさんいて、王子を取り囲み一緒に踊らせました。踊って、踊って、王子が疲れて倒れても、うちわで扇いで、また踊らせました。

鶏が鳴くと王子は急いで馬に乗り、ケイトも気づかれぬように後ろに飛び乗って城へ帰ってきました。朝日が昇り、人々が王子の部屋に来たときには、ケイトはくるみの実を割っていました。無事に夜を越したケイトは、次の夜も王子の看病をしてもいいけれど、褒美には金貨が欲しいと申し出て、それを認めてもらいました。

二日目の夜も同じようにくるみの実を集めながら緑の丘へ行き、ダンスが始まりました。ケイトは妖精の赤ちゃんが魔法の杖で遊んでいるのに気づきます。赤ちゃんは、「魔法の杖で病気のアンの頭を三回叩くと、前みたいにきれいになる」としゃべります。ケイトはくるみの実をコロコロと転がし、妖精の赤ちゃんが気をとられて動いた隙に魔法の杖を手に入れます。城に帰ってその通りにすると、アンの頭は元通りになりました。

三日目の夜は、王子と結婚させてくれるなら看病すると、ケイトは申し出ます。緑の丘へ行くと、妖精の赤ちゃんが鳥と遊びながらこう言っていました、「この鳥を三口食べれば、病気の王子は元気になる」。ケイトはくるみの実を転がして赤ちゃんの気をそらし、奪った鳥をエプロンに隠して持ち帰りました。それを料理して王子に食べさせると、ひと口ごとに元気になり、三口食べたら強くたくましい王子に戻りました。

朝になって城の者が王子の部屋に来たとき、ケイトと王子は二人で仲良くくるみを割っていました。もう一人の王子は頭が元に戻ったアンを見て好きになり、結婚しました。というわけで、病気だった王子が健康な姫と、健康な王子が病気だった姫と結婚して、みんな幸せに暮らしたということです。

❖王の娘とお妃の娘

物語では、王に娘が一人いてお妃にも娘が一人いるとあります。妃は娘のケイトを連れて王と再婚したのですね。王と妃は互いの子供に対してそれぞれ片親です。娘たちの年齢はほとんど同じなのでしょう。それならば、きれいな娘のほうに条件の良い縁談がくるので、妃は美人のアン(王の娘)が邪魔なのです。

母親がそのような人であるのに、妃の娘であるケイトはアンを邪魔にするどころか運命を共にするべく、頭が羊になってしまったアンと旅に出ます。ケイトが自分ひとりで幸せになろうとしなかった筋書(すじが)きがすでに、この二人が表裏一体の関係であると示しています。

物語の最初では、アンだけが活動してヘンワイフのところへ三度赴(おもむ)きます。この間、ケイトは物語に出てきません。ところが、アンが羊の頭になったとたんに、ケイトだけが行動してしゃべります。物語の流れの中で、二人が一緒に意志を働かせることがないのです。

では、羊の頭をつけられて「病気の姉妹」と呼ばれたアンは、ケイトにとってどんな存在なのでしょうか。「本当の姉妹のように仲がよかった」とされる一方で、物語中に二人が相談したり、おしゃべりをしたりする場面はありません。ケイトはまるでアンの人生を引き受けたかのように行動します。実際、頭に布をかぶせられ話もできないアンは、ケイトから離れては生きていけません。アンとケイトは二人で一人です。

アンの羊頭が表す「病気」や強(し)いられた沈黙が、具体的に何を意味するかわかりませんが、どんな人にもある弱点や欠点、他人に言えない心の傷かもしれません。ケイトは、呪われて病(や)んでしまったもう一人の自分(アン)を治す過程で、瀕死(ひんし)の王子を看病します。つまり、他人を助けることで自分を強くして結果的に自分を助けています。

❖異界で踊る王子

それでは、病気の王子とケイトとの関係はどう考えれば良いのでしょう。城を捨て、宿なし、つまり物乞い(ものごい)の身分になった娘二人が別の城で受け入れられたのは、王子の看病をするという条件付きでした。しかも、夜に王子の看病をした者は一人残らず行方不明になっているのですから、生命をかけた冒険です。ケイトにしてみれば、これをやらなければいずれ森の中で死ぬよりほかはなく、挑戦などという気軽なものではなかったはずです。

妖精物語には、妖精が男女を問わず若者を異界へ招き入れて踊らせ、妖精の国の食べ物や飲み物をとらせて、異界(死者の国・妖精の国)に閉じ込める話があります。結核の治療法がなかった時代に、人々は罹患(りかん)した若い男女を「妖精病」にかかったと考えていたそうです。日々生気(せいき)を失い、いずれ死んでしまうからです。

「妖精病」を若者特有の病気とした点は、若者が快楽への欲望をコントロールできなくて破滅を招きがちな特質を持っていることと関係があるでしょう。グリム童話の『踊ってすりきれた靴』では、十二人の姫がそろって毎晩異界へ行き、好きな王子と踊り明かして靴をダメにします。踊りは、身体的な快楽や理性を鈍らせる誘惑の具体例として物語に現れます。王子の生気を奪っているのが結核のような病気であろうと快楽への誘惑であろうと、ケイトの役目は彼を現実世界に連れ戻し健康にすることでした。妖精の国から持ち帰った鳥をケイトが料理すると、王子は美味(おい)しそうな匂いを嗅(か)いで「食べたいなあ」と、言葉を発します。王子が現実世界とコミュニケーションを始めたのです。

王子の病気がすっかりよくなった後で、ケイトと王子は、仲良くくるみの実を割ります。木の実といえば樹木の種ですから、生命の素(もと)ですね。二人が一緒に人生を歩き始めた象徴的なシーンです。結婚するカップルから新しい生命が誕生し、世界が健康な方向へ向かうという明るい期待が示されます。

ケイトが難題を解決し王子と結ばれた時、「美しくない」という彼女の弱点は克服されました。同時に、アン(ケイトの病(や)んだ部分)は、もうケイトの連れではなくなり、二人の王子もそれぞれが独立できたので、二組の健康なカップルが誕生しました。

❖言葉を話さない動物

　人間が動物に変身させられて沈黙を強いられる時は、どの動物になるかで意味が変わります。ケイトの片割れであるアンは羊の頭になりました。羊は人間の近くで平和に暮らす動物として認識され、従順さに特徴があります。アンは、美しいが自分で人生を切り拓(ひら)けない、無言で従順なだけの存在です。彼女が呪いを受けたのも、継母(ままはは)（お妃）の罠(わな)を見抜く能力に欠けていたからです。

　お妃の行為に目を向けると、結果的にはアンを自立に押し出すための手順を踏んだといえそうです。最初はヘンワイフの所へ行きなさいと指示し、失敗しました。二回目は途中まで見送りましたが、失敗しました。そこで三回目は、目的地まで自ら連れていきました。

　この経過は、子育て中の親には大事なことを教えます。子供を自立させるには、ただ追い出すだけではダメなのです。その子が旅を始められる場所までしっかり連れていって手を離し、次の段階へ引き渡すのです。その後お妃は、ケイトとアンの旅を邪魔はしません。

　自分の分身ともいえるアンが羊頭になった時、ケイトはこの災難を自分のこととして捉(とら)えました。そこで彼女がアンを助けるための旅に出なければ、王子と結ばれることもなかったでしょう。危険を冒して妖精の世界へ忍び入ったことを思い出してください。二日目に、彼女はもう一人の自分(アン)を健康に生かす方法を知りました。自分の課題を解決できたので、三日目には王子の問題解決方法を学ぶことができています。

私たちの中には、無言の動物が隠れているのかもしれません。それが羊なのか狼なのか、はたまた白鳥なのか蛙なのかは、衝撃的な何かのきっかけで表面化するまでわかりません。でも現れてきたら受け止めて、その動物が人間の言葉で静かに話せるまで付き合うこと、勇敢な心の旅をすること、それが幸せへのチケットだとこの物語は教えています。

3『十二羽の野鴨』――物語りによる回復

「これは一体何の騒ぎですか」と王子たちが尋(たず)ねました。

「私の妻である女王を火あぶりにするのです」と王が答えました。

「彼女は魔女で自分の子供たちを食べてしまったんですから」

「彼女は赤ん坊を食べたりしていない」と王子たちが言いました。

「妹よ、さあ、話すんだ。お前は僕たちを救い自由にしてくれた。今度は自分を救え」


「十二羽の野鴨」ペテル・クリスティン・アスビョルンセン、ヨルゲン・モー収集・編纂『北欧の民話』(一八五九)より

❖「話してはいけない、笑ってはいけない、泣いてはいけない」姫

不当な扱いを受けても真実を話せないまま苦しむヒロインの物語を、あなたはいくつ知っ

ていますか。そうした話は世界中に驚くほどあるのですが、なかでもハンス・クリスチャン・アンデルセン（一八〇五―七五）が書いた『野の白鳥』（『白鳥の王子』とも）や『人魚姫』は胸に迫る話です。ここではノルウェーに古くから伝わる民話を紹介し、ヒロインが「語る」ことで自分を取り戻す顚末をお話ししましょう。この物語のヒロインは、「白雪紅薔薇姫」(Snow-white and Rosy-red)です。

（物語）

昔々、新雪が積もったある日、ひとりのお妃様が遠出をしました。少し行ったところで鼻血が出て、白い雪の上に血の滴がたれました。お妃様には十二人の息子がいたのですが、娘がいませんでした。

「私に娘があったらねえ。雪のように白く血のように赤い娘があるなら、息子たち全部がどうなってもかまやしない」。

そう声に出して言ったとたん、トロール（北欧神話の超自然の生き物）たちが現れて、「娘をあげよう。雪のように白く血のように赤い娘を。そのかわり息子たちはこちらのもんだ。娘は洗礼を受けるまではおまえが預かっていていい」と言い、そのようになります。王子たちは野鴨（のがも）に変身させられて城を去り、王女が生まれ「白雪紅薔薇姫」と呼ばれるようになりました。

この姫は、成長すると自分の出生の秘密を知り、兄たちを探しに城を出ます。さまよい歩いた末に遠い国で兄たちの隠れ家にたどり着きます。十二人の王子は、昼間は野鴨として過ごし、夜になると隠れ家へ戻って人間の姿になるのでした。妹に初めて会った一番上の兄は、自分たちを苦しめる原因となった彼女を殺そうと言いますが、一番下の兄が、罪は母にあると訴えて彼女を救います。

妹の白雪紅薔薇姫は兄たちの呪いを解くためには何でもすると申し出て、彼らは呪いを解くための秘密を教えます。王子たちが言いました、

「アザミの花が終わった後の綿毛（わたげ）を集めて梳（す）き、糸に紡（つむ）いで布を織るんだ。その布で上着を十二枚とシャツを十二枚、ネッカチーフを十二枚作らなければならないよ。僕たちに一枚ずつだ。そしてその間、お前は、話してもいけないし笑ってもいけないし、しくしく泣いてもいけないのだよ。もしお前にそれができれば、僕たちは自由になれる」。

姫は、棘（とげ）のある植物を糸にして織物をたくさんしなければならない上に、話すことも、笑う

こども、泣くこともできなくなります。でも、彼女はそれを引き受けます。

姫が一心にこの作業をしているところに、その国の若い王が通りかかり、白雪紅薔薇姫の美しさに心をひかれます。城へ連れて帰り結婚しますが、王の母親である皇太后（こうたいごう）が、話しもせず笑いもせず泣きもしない若い妃を魔女だと言って嫌います。姫に男の子が生まれると、皇太后は赤ちゃんを取り上げて蛇（へび）がうようよしている部屋へ隠してしまいます。そして姫の指を傷つけその血を口になすりつけ、「あなたの妃が赤ちゃんを食べてしまいましたよ」と、自分の息子である王に告げ口します。

姫は、話をしてはいけないという約束のために、赤ちゃん殺しの言いがかりを否定できずにいますが、夫である王は妻を許します。そしてまた夫婦に男の子が生まれました。ところが、この子も同じように隠されてしまい、またしても姫が食べたことにされます。

人肉を食べるのは、最も重い罪です。それでも王は再度妻を許しました。それから二人に三人目の赤ちゃんが生まれ、今度は女の子でした。この娘も妻が食べてしまったと言われたとき、王はとうとう妻を悪い魔女として火あぶりの刑に処することを決めます。

薪（たきぎ）に火が燃え上がり、姫が磔（はりつけ）にされようというその時に、白雪紅薔薇姫はぎりぎり出来上がった十二枚の上着とシャツとネッカチーフを、そこへ並べました。末兄のシャツの左腕だけがまだ完成していませんでしたが。

その時、空から十二羽の野鴨が舞い降ります。野鴨はアザミの服を着て次々と人間に戻ります(末兄の左腕だけは鳥のままでしたけれど)。妹が今にも火あぶりになりそうだと知り、兄たちは彼女の無実を訴え、妹に対しては、すべてを語って自らの命を救うようにと勧めます。

無言の縛(しば)りから解放された白雪紅薔薇姫は、自分と赤ちゃんたちに起こったことを、順を追って最初から王に話します。それによって彼女の疑いは晴れ、救われました。王は、姫に冤罪(えんざい)を着せた自分の母親を十二頭の駿馬(しゅんめ)に縛りつけて、身体をバラバラに引き裂かせました。三人の子供は蛇の部屋から生きて助け出されました。

そして王と姫と子供たちは幸せになりました。十二人の兄たちは自分の城に帰り、両親にすべてを物語ってみんなで幸福に暮らしたということです。

❖物語ることで自分を取り戻す

さて、すべてのトラブルは「娘がほしい、息子たちはどうなってもいい」という母妃の言葉から始まりました。言葉が現実を呼び寄せています。うかつにも母親が犯した罪は、娘の白雪紅薔薇姫が償(つぐな)うことになります。

姫は三つの試練を通り抜けなければなりません。すなわち、アザミの綿毛で服を作る、自分の子供たちを奪われ食べてしまったという冤罪に甘んじる、火あぶりの刑に処せられる(あわやというところで助かりますが)、の三つです。

兄王子たちを呪いから解放するため彼女に課せられたことは、感情を殺し言葉を発してはいけないという沈黙の義務でした。〈生きたまま自分を殺す〉という課題だったのです。それを裏づけるように、服を作る作業は彼女から時間を奪い、存在の証(あかし)である子供たちは産まれるとすぐに奪われ、最後には彼女自身が火あぶりになって抹消(まっしょう)されるはずでした。

こうして徐々(じょじょ)に、完全に消え去るはずだった彼女の存在が回復したのは、彼女自身の〈物語る〉

図1-3　野鴨になった12人の兄弟と姫。アンドリュー・ラング『赤色のおとぎ話集』の挿絵(1895)

行為によってです。物語の最後の部分をもう一度確認しましょう。

語り手は、主人公に起こったことを聞き手の私たちに対して一度語りました。次に、物語の最後で自由になった姫が、事の真実を夫である王に話します。二度目の物語りです。これによって、彼女は自分の立場を回復しました。さらに、城へ戻った王子たちがすべてを両親に報告する時、三度目の物語りをしています。つまり、同じ事の顚末が、「語り手の語り」「主人公の語り」「第三者の語り」と三回語り直されています。

「白雪紅薔薇姫」と仮に呼ばれた一人の女性の人生が三回語り直されて、ようやく彼女に幸福がもたらされます。それぞれの語りには、人間が自分を確立するのに必要な三つのステップが当てはまります。

「語り手の語り」は〈経験〉を、「主人公の語り」は〈自分の構築〉を、「第三者の語り」は〈外の世界に認められること〉をそれぞれ達成します。この三段階の語りを経てようやく、人は現実世界に安定した場所を得ます。

❖語り直すことで現実になる

おとぎ話では物語の前半で主人公が試練を三回受け、後半で主人公が自分の経験を誰かにそっくり語ることがよくあります。物語の聞き手に対しては同じ筋立て（すじだて）が二度語られます。声で伝えられた話では、大事なことは繰り返し言ったほうが聞き手の記憶に残りますね。だから、おとぎ話は繰り返しを好むのでしょう。とはいえ、文字を使わなかった人々が耳で聞いた言葉を記憶する能力は、私たちの記憶力を遥（はる）かにしのいでいたはずです。だとすれば、昔話に繰り返しが多いのには、覚えやすいという以外の理由もあったのではないでしょうか。

おとぎ話の語り手たちは、現実の世界を「繰り返し」と捉えていました。これにあたる英語はいくつかありますが、この場合に一番合うのは「サイクル」でしょう。季節の繰り返しもサイクルですし、子が成長して親になり老（お）いて祖父母になり、その人の子が成長してまた親になり老いて……という世代の繰り返しもサイクルです。陽（ひ）は昇り陽は沈み、人々の悲しみや喜びもまた何度か類似の繰り返しを経（へ）て、ゆっくりと変化していきます。

「二度あることは三度ある」ということわざがあるように、同様なことが三度くらい繰り返してやっと変化がうかがえるというのは、多くの民族で共通した認識なのかもしれません。おとぎ話の主人公が幸福になるには、たいてい三回の試練を受けます。語り手は、時間について、循環するサイクルで螺旋状にゆっくり進んでいくもの、と感じていたようですね。

おとぎ話に繰り返しが多いもうひとつの理由は、語り手と聞き手の現実感の共有にあります。物語では、主人公の問題がほぼ解決したと思われるあたりで、舞台設定が改められて、主人公が出来事を誰かに最初から話して、二度なぞりをする構造がしばしば採られます。文字文学に慣れた私たちは、この繰り返しを無駄で退屈に感じます。そのため、語られた物語が文字で再創作される時には、繰り返しは削除されます。アンデルセンの『野の白鳥』にも、姫が自分の無実を細かく説明する部分はありません。

しかし、声でおとぎ話を楽しんだ語り手や聞き手は、〈自らに起こった事件は自分の言葉で他人に語ってこそ経験になる〉と感じていたようなのです。言いかえると、現実は言葉で語られてはじめて事実と認識される――主人公が自分の声で自分を物語った時に、ようやく主人公は社会に認められる――というわけです。そしてこの感覚は、正鵠を得ているといえます。繰り返して語るうちに、物語は現実感を増して人々の中に堆積していくからです。

私たちは、誰かが悲しそうにしていたら「どうしたの」と尋ねます。尋ねた人にとっても悲しんでいる人にとっても、起こったことは言葉になるまで「現実」ではありません。もし

「どうしたの」という問いに「何でもない」とこの人が答えれば、そのまま終わります。しかし悲しんでいる人が聞き手に事の顚末を物語れば、それは現実として両者に共有され、さらに広く言葉で知られていく可能性を持ちます。

❖呪いの言葉と回復の言葉

実は、私たちは、たとえ聞き手がいなくても、自分で自分に物語って自分の現実を構築しています。他方、自分の物語が組み立てられない時、私たちは混乱し「自分を見失った」という気持ちに陥ります。日記やSNS上のつぶやきは、自分を確認するための物語り行為であるともいえますね。とても苦しい時、それを自ら整理して語ることができ、しかも誰かに一部始終聞いてもらうことができたら、あなたはずいぶん楽になると思います。

発話を禁じるおとぎ話が相当数あるのは、興味深いことです。言いたいことを言えないままに理不尽な暴力を受けた人が多数いたことを、暗示しています。また、白雪紅薔薇姫は、人喰いの魔女と呼ばれても兄たちを救うために黙っていなければなりませんでした。母妃の失言によって自分の生命を得た姫は、言葉の力を厳しく封じることで兄たちを縛っていた言葉による呪いを解いたのです。

一方で、姫は、最後には自分を物語って自らの立場を回復しました。『十二羽の野鴨』というお話は、言葉が現実を引き寄せることを示して言葉に対する畏怖を呼び起こすと同時に、物語る行為が人の過去を確立し、アイデンティティ(自分は誰なのかという考え)を社会と共有するきっかけになると教えてくれています。

『ヴァイオレット・エヴァーガーデン』のヒロイン、ヴァイオレットは、最初は言葉で感情を表現することができませんでした。しかし、人の気持ちを理解して、言葉を使えるようにと自分を鍛えているうちに、自分を救ってくれた少佐に対する自身の気持ちに気づいていきます。言葉によって気持ちを発見していくのです。そして、自分の言葉で過去を整理して理解し、思いを発話できるようになった時、ヴァイオレットは命令がなくても行動する「自分」を得ます。周囲の人々と共に生きていく本当の力を育てたのです。おとぎ話の主人公のように。

おとぎ話のモヤモヤQ&A 2

主人公と悪役以外はどんな人なのかもわからないのはなぜ?

おとぎ話は、結末へ向かってまっしぐらで語ります。現代のアニメーションとは異なり、現実世界のリアルを反映させようという意図がありません。ですから、ストーリーの進行に必要なくなると、主人公以外の登場人物は物語から姿を消します。逆に、必要になると脈絡もなく脇役がポンと現れることがあります。たとえば女性主人公の父親は、しばしばこのタイプになるようです。

脇役が視界や意識から消えるのは、決して幼稚な構造ではありません。自分の人生を例にとって考えてみましょう。あなたは、小学校一年生の時の担任の先生を頻繁(ひんぱん)に思い出しますか。一年間またはそれ以上の期間、毎日のように学校で会っていて、それなりに影響を受けたかもしれない先生なのに、あなたの人生に必要なくなったら普段は忘れて暮らしているでしょう。

物語の脇役たちはそのように、主人公の人生に影響力がある時だけ現れて、用がなくなると消えてしまいます。そう考えると、おとぎ話は精神のレベルでリアルなのです。

第2章

異世界から来た恋人

『美女と野獣』のルーツ

この章で紹介するのは、結婚相手が異世界の人格だったという物語です。『美女と野獣』のビースト(野獣)は、人間界とは離れたところ(異世界)で暮らしていて、動物の姿をしてはいるものの人間の心を持った存在です。人ではないけれど完全に動物というわけでもありません。おとぎ話には、そのように特殊な相手との恋物語が数々あります。

異世界の恋人は、姿が見えなかったり、猛獣だったり、神だったり、半死人(アンデッド)だったりします。非現実の恋人を設定することで、「結婚」は〈異質なものの合一(ごういつ)〉という大きなテーマの寓意(ぐうい)(たとえ)として物語に現れます。ですから結婚のハッピーエンドまでを丁寧(ていねい)に読み解くと、物語を伝えた人々の世界観や対立する宗教や文化の歴史までが透けて見えます。

日本には「異類婚姻譚(いるいこんいんたん)」として知られる話が数々あります。鶴(つる)が女性になって恩返しをする「鶴女房」や、安倍晴明(あべのせいめい)の母だといわれる「狐女房」はそれですが、日本の異類婚は悲しい終わり方をするものが多く、おとぎ話よりは伝説といえます。でも新しい物語には、スタジオジブリのアニメ『崖(がけ)の上のポニョ』(ポニョが魚)のような明るいケースもありますね。ポニョは花嫁になるには幼すぎますけれど！

4 『キューピッドとプシケー』——愛のおとぎ話の原型神話

プシケーは（……）ふと箙から一本の矢を取り出して、親指の先で鏃の鋭さを吟味してみました。ところが手の先が震えてついひどく圧したもので、かなり深く突き刺してしまい、皮膚のおもてに紅い血の雫が、かわいい露の珠を結びました。こうしてそれとも知らずにプシケーは、われと愛神の愛へ身を陥しこんでゆくことになったのです。

アプレイウス『黄金のろば（上）』（呉茂一訳、岩波文庫）より

❖結婚とおとぎ話

おとぎ話は結婚で締めくくられることが多いので、「女性の幸福は結婚」という古い価値観を押し付けられるとして、反発を感じる人は少なくないでしょう。私もそこがいやだなと思ったこともありましたが、物語の深刻な背景を知ってから別の感想を持つようになりまし

図 2-1 「アモルとプシュケ」、フランソワ・ジェラールによる絵画(1798)

た。主人公はみな必死に生き、死に物狂(ぐる)いで将来を開こうとした結果ゴールインします。

おとぎ話の背景にある社会では、結婚は双方の意思や愛情を理由に決まるものではなく、家族間、部族間、時には国家間の都合で成立しました。ことに身分の高い人や裕福な家庭では、結婚は個人的な決断だけではすまされませんでした。女性の意向は尊重されないか、圧力で曲げられる場合が多かったのです。結婚は、公的な役割を負った人生上の取り決めでした。

一方で、結婚が二人の人間の半永続的な結びつきを意味し、極めて精神的でプライベートな人生の転機であるのも事実です。さらに、聖書ではキリストとキリスト教徒の関係を、永遠に結ばれた夫と妻にたとえています(「コリント人への第二の手紙」十一章二節)。このように結婚は、公的、個人的、宗教的および象徴的意味を持っていました。

女性は、社会制度と慣習によって自由な自立を阻まれてきました。正しく確認はできませんが、二十世紀になっても世界中ほとんどの共同体でそうだったのではないでしょうか。結婚はしばしば女性の人生の明暗を大きく左右しました。十代半ばから二十代の若さで、全く新しい環境に送り出される少女たちは、限りなく不安だったでしょう。ましてや遠く見知らぬ土地へ嫁ぐとなると、異世界へ引越すように怖かったと思います。

おとぎ話は、女性にとっての結婚が底知れぬ不安と幾多の苦労を伴うものだと教えています。でも辛い真実ばかりではなく、幸せになれるという希望もしっかり伝えます。異なる出身の人間同士が親密なパートナーとして共に生き、豊かな人生を送るためには何が必要かを、物語に洞察できます。

❖神のキューピッドと人間のプシケー

『キューピッドとプシケー』は、紀元二世紀にアプレイウスによって書き記された神話で、物語集『黄金のロバ』に収められました。おとぎ話の社会文化史的な研究で知られるジャック・ザイプスによれば、この神話は中世から近世にかけて盛んに翻訳出版され、教育程度の低い人々にも好まれて広く流布（るふ）したそうです。

キューピッドはローマ神話の愛の神で、背に翼が生えています。ギリシア神話ではエロース、ラテン語ではクピードーまたはアモール（愛）と呼ばれます。「キューピッド」は英語での呼び名です。この本では読者に馴染（なじ）みの深い英語読みを使います。

神話のキューピッドはたくましい美青年で、一般的にイメージされるような羽の生えた幼な子ではありません。キューピッドの矢に射られた者は、その瞬間目にした者に恋してしまうといわれています。この節の最初に引用した部分は、プシケーが誤ってキューピッドの矢で自らを傷つけてしまい、彼に恋した瞬間を描いています。

キューピッドの母親は、愛と美の女神ヴィーナス（ウェヌス）です。ヴィーナスは花園や庭、豊穣（ほうじょう）の女神ですが、ギリシア神話のアプロディーテ（アフロダイテ）と同一視されています。神話『キューピッドとプシケー』でヴィーナスは、人間のプシケーがあたかも美の女神であるかのように人々に敬（うやま）われているので彼女を憎み、息子キューピッドがプシケーを妻にすることに対して、強く抵抗したいきさつが描かれます。

女性主人公の名前であるプシケー（Psyche）は魂や精神を意味し、英語読みではサイキです。サイコロジー（psychology 心理学）の語源です。プシケーは、自分のもとを去った愛の神（アモール＝キューピッド＝ラブ）を探す苦難の旅をします。プシケーが「愛」を獲得するまでの遍歴（へんれき）は、人間の魂が成熟する過程をたとえたものだとされています。

（物　語）

さる王様には三人の娘がいました。末娘プシケーの美しさはこの世のものとも思われぬほどだったので、むしろそれが災（わざわ）いして縁談もなく辛（つら）い思いをしていました。一方、人々はプシケーを女神のように崇（あが）め、美の神ヴィーナスを敬わなくなりました。これに腹を立てたヴィーナスは、息子のキューピッドに命じ、見るも恐ろしい醜（みにく）いものにプシケーが恋をするよう悪戯（いたずら）を仕掛けようと企（たくら）みます。

いつまでも求婚者が現れないので父王が神に良縁をお願いすると、プシケーに花嫁衣装をまとわせて高い山の頂（いただき）に置き去りにせよとのお告げがありました。プシケーは、神も恐れをなす荒々しい者の妻になるというのです。深い悲しみと恐怖の中で死装束（しにしょうぞく）ともなる花嫁の装（よそお）いで山に置き去りにされたプシケーでしたが、優しい西風に運ばれて不思議な宮殿にたどり着きます。

そこでは姿のない声が彼女に仕え、夜には夫が寝床へ来ます。しかし彼は朝日が昇る前に去り、姿を見ることができません。プシケーは次第に寂しくなり、姉たちに会わせてほしいと、いつも闇に隠れて姿を見せない夫に頼みます。プシケーのお腹には赤ちゃんができていました。夫は、姉たちにそそのかされて自分の姿を見ようと思ってはならないとプシケーに釘を刺した上で、仕方なく西風を使いに出し姉たちを呼び寄せました。

プシケーの贅沢な暮らしを羨んだ姉たちは、三度の訪問を通して彼女の心を支配します。姿を隠し続けるなんて、あなたの夫は野獣か大蛇のような怪物にちがいないと言います。不安と疑いが募ったプシケーは、姉たちの助言通りに、鋭い刃のついた短剣とランプを用意し、ある晩、寝入った夫の上にランプをかざしてその姿を見てしまいました。

プシケーは夫であるキューピッドのあまりの美しさに我を忘れます。顔も髪も背中の翼も皮膚の美しさも、彼が神であることを示していました。好奇心に駆られてキューピッドの矢に触れたら、誤って自分の指を深く刺してしまい、たちまち恋に落ちました。

プシケーはもうキューピッドから目が離せず、キスした拍子にランプの熱い油がキューピッドの肩にこぼれます。痛みで目覚めたキューピッドは、約束を守らなかったプシケーを責め、飛び去ってしまいました。

絶望したプシケーは川に身を投げますが助かって、遍歴を始めます。片方の姉のところで事情を話すと、姉はプシケーに代わってキューピッドの妻になろうと考え、西風に宮殿に連れていってもらおうとして崖(がけ)から飛び込み、落ちて死にました。もう一人の姉も同じように死にました。プシケーは女神たちに助けを求めますが、神々はキューピッドの母であるヴィーナスに遠慮して手を貸しません。ついにプシケーはヴィーナスの神殿に許しを乞(こ)いに行きました。

ヴィーナスは、キューピッドとプシケーの婚姻(こんいん)は正式ではないこと、生まれてくる子も神の子とは認められないことなどを言ってプシケーを責めます。そして、彼女がどこまでヴィーナスに仕えることができるか、試練を課します。

最初は、さまざまな種類の豆や穀物の粒が山となって混ざっているのを、種類別に分ける仕事でした。呆然(ぼうぜん)とするプシケーでしたが、蟻(あり)の集団が助けてくれました。次は、獰猛(どうもう)な黄金の羊から毛の房(ふさ)を取ってこなければなりませんでした。これは葦(あし)の助言に従って、成し遂(と)げることができました。この世とあの世を分ける黄泉(よみ)の国の川から水を汲(く)んでくるようにと言われたときは、鷲(わし)が代わりをしてくれました。

最後の課題は、死者の国へ行って女神プロセルピナ（ペルセポネー）に頼み、美のエッセンスを一日分、箱に入れてもらってくるというものでした。プシケーは、死者の国まで行かされるなら今度こそ終わりだと思って、高い塔から飛び降り死んで死者の国へ行こうとします。すると高い塔が話しかけてきて、生きたまま死者の国へたどり着くための複雑な方法を教えてくれました。

プロセルピナから美のエッセンスを預かり無事に死者の国から戻ったプシケーでしたが、ふと自分で試してみたくなりエッセンスの入った箱を開けます。しかし中から出てきたのは地獄の眠りで、プシケーは倒れて深い眠りに落ちてしまいました。そこへ、傷の癒えたキューピッドが助けに現れ、二人は再会します。神々の合議によって神と人の結婚が認められ、生まれた娘はプレジャー（喜悦、満足、快楽）と名付けられました。

❖結婚に至る物語の流れ

これを読んで、どこかで聞いた話が入っているなあと思った人もいるのではないでしょうか。愛のおとぎ話の原型といわれるこの神話には、結婚でハッピーエンドのおとぎ話（女性が「上層」の男性と結婚する）に使われる主要モチーフが揃っています。並べてみます。下の【　】には、人生が安定するまでに人が体験する心理の経過と解釈を入れました。

①主人公の少女は美しく、意に沿わない状況でも反抗しない　【恐怖・従順】
②相手の正体が不明か遠い世界の人物、または呪いをかけられている　【不安】
③身内の人物（多くは同性）の言葉に惑わされる　【猜疑心】
④禁じられたことをしてしまう　【好奇心】
⑤恋に落ちる　【情熱】
⑥恋人を失う　【失敗・孤独／行動の選択へ向かう】
⑦義母（継母）に憎まれ、難題を課される　【苦悩・労働／意志の確立へ向かう】
⑧非現実の援助者によって救われる　【救済・理解者の獲得】
⑨恋人（夫）に再会して、安定した結婚をする。呪いの解消　【目標の達成・人格の完成】

見ていただくとわかるように、前半①から⑤では、主人公は受け身です。両親との安定した生活から押し出された後も、彼女は自分の判断で行動しませんでした。ところが、姉にそそのかされて夫の言いつけに逆らい結果的に彼を失った時、彼女は自分で判断し行動しなければならなくなります。後半⑥から⑨は、主人公の行動がどう外の世界に受け入れられ自立を果たすかのプロセスを示しています。

❖自立への道筋

結婚がすなわち自立なのかという議論は当然あると思いますが、プシケーの場合はいくつかの理由から自立だといえます。まず、神託により花嫁姿で神殿の捧げ物になった時、彼女には死を覚悟の上で従うより他に選択肢がありませんでした。しかし後半では自ら強く望んでキューピッドと結ばれようとしています【自らの意志】。

だからこそ、想像を絶する困難が待ち受けているのに、失った夫を探す旅に出ます【自発的な行動】。目的を達する過程で彼女を援助したのは、蟻や葦や鷲といった自然の生き物と、建物である塔でした。これら、自然界の物たちからの援助は、城の中で保護されていた彼女が、旅に出て外界で受け入れられたことを表しています【理解者の獲得・単身での認知】。

最後に、禁を破ってプロセルピナが支度（したく）した小箱を開けてしまいますが、キューピッドに助けられます【パートナーの協力】。そして二人は、神々に認められて正式に結婚します【平等な立場の獲得・社会的認知】。五つの要素すなわち、意志、行動、認知、協力、平等のすべてが揃（そろ）い、彼女は自立します。

彼女の精神が自立してようやく、キューピッドとの安定した愛情関係が確立します。

この神話は、人間と愛について他にもたくさんのことを教えてくれます。たとえば、ちょっとしたはずみで（キューピッドの矢に触れて）恋に落ちることや、誰かを好きになると理性が働かずに失敗をしやすいこと。相手をしっかり見るまでは本当に好きにはなれないことと、強い信頼関係に基づいた愛を得るには幾多の苦難を越える必要があること、などです。

それにしても、二人の子供の名前がプレジャーなのは素敵だと思いませんか。結婚するパートナー同士がお互いから得る最良のものは、喜悦（プレジャー）・満足だとこの物語はいうのです。

プシケーの物語が神話なのは、幸福に至るまでの人生の選択と心の問題を合わせて、精神の遍歴をパノラマとして見せているからです。

ところで、おとぎ話（民話）の場合は、物質的豊かさと身の安全が得られれば幸福な結婚として十分なので、結婚の意味を精神的に捉える——生まれた子供をプレジャーと呼ぶ——ような、哲学的な締めくくりはなされません。おとぎ話の主人公は、結婚に至るまでにプシケーと似た経過をたどるのですが、落ちつきどころはもっと現実的で物質世界に即しています。

それを、次に紹介する二つのおとぎ話で確認しましょう。

5 『太陽の東、月の西』——優しい獣に愛されて

「こんばんは」白熊が言いました。

「ああ、こんばんは」貧しい家の男が言いました。

「一番年下の娘さんを私の嫁にもらえませんか。もしくださるなら、最低の貧乏から最高のお金持ちにしてあげます」と白熊が言いました。


「太陽の東、月の西」ペテル・クリスティン・アスビョルンセン、ヨルゲン・モー収集・編纂『北欧の民話』(一八五九)より

❖北欧の美女と野獣の物語

太陽の東とはお日様が昇る向こう側、月の西とは月が沈む向こう側ですね。地は平らだと思われていたのですから、「太陽の東、月の西」は、人間が行けない地の果てか世界の反対

図 2-2 『太陽の東、月の西――北欧民話集』より、カイ・ニールセンによる挿画（1914）

側、まさに異世界の遠い場所です。

この古い北欧のおとぎ話は、ペテル・クリスティン・アスビョルンセン（一八一二―八五）とヨルゲン・モー（一八一三―八二）の民話集に収録されました。アスビョルンセンとモーはノルウェーの民話を集め、一八三七年から発表し始めました。そして、挿絵付きの民話集が一八四二年から四四年にかけて出版されます。ジョージ・ウェブ・ダセント（一八一七―九六）は、これを英語に翻訳してまとめるにあたり、英語読者の嗜好に合うよう書き換えることを助言されたが原文に忠実に訳すことにしたと、序文（一八五九）に書いています。その結果、ところどころ文脈や表現に不整合な感じが残りましたが、むしろそこに、おとぎ話の背景にある社会や人々の心理背景を読み取ることができます。

この話は前節でご紹介した神話『キューピッドとプシケー』の類話として知られます。また、十八世紀にフランスで書かれ、文学として流通した『美女と野獣』とも類似しています。

個人的には、このタイトルはブルックス・ボウマン作詞作曲のジャズナンバー“East of the Sun and West of the Moon”で印象に残っているのですが、歌詞はおとぎ話とは直接関係ないロマンチックソングです。
『太陽の東、月の西』は、数々の美しい絵本にもなっていますので検索してみてくださいね。なかでも、カイ・ニールセン(一八八六―一九五七)の挿絵付き本は特に素敵です。

(物語)

森に暮らす貧しい家族のもとへ、ある木曜日の晩に大きな白熊が訪ねてきて、美しい末娘を欲しいと言います。娘をくれたらかわりに家族を裕福にして、娘にもいい暮らしをさせるというのです。娘はいやがりますが、父親の強い説得に負けて合意します。次の木曜日の晩に白熊が娘を迎えにきます。彼の背に乗って長い長い道のりを行く途中、彼は「怖くないかい」「私の毛皮にしっかりつかまっているんだよ」と声をかけます。
城へ着くと白熊は、それを鳴らせば何でもそろう魔法の鈴をくれました。夜には、白熊の姿から人間になった夫が寝台に入ってきました。でも夫の姿は見えません。しばらくそのように暮らした後で娘は寂しくなり、里帰りしたいと言います。白熊は、「お母さんと二人っきりで話をしない」という約束で、彼女を実家へ連れていきました。

実家で娘は城での優雅な生活の話をし、夫は夜に姿が見えないと言い、退屈で寂しいとこぼします。娘は白熊との約束を守って母親を遠ざけていましたが、ついに母親と二人で話すことになります。娘を心配する母親は、娘の夫はトロール(北欧神話の超自然の生き物)にちがいないと言い、彼が眠ったら見て確かめなさいとロウソクをくれました。

ある晩、娘がこっそりロウソクに火をつけて寝台の夫をのぞくと、それは素晴らしい王子だったので娘は一気に恋に落ちます。キスしなければもう生きていけない気がして彼に近づいたときに、ロウソクの溶けた蠟(ろう)がシャツに垂れて夫は目が覚めます。

夫は言いました、「これで二人とも不幸になる。あと一年耐えてくれれば自由になれたのに。僕は継母(ままはは)に魔法をかけられて、昼間だけ白熊にされているんだ。(君が約束を破ったので)僕はもといた国に帰らなくてはならない。その国には鼻の長い姫がいて、僕はその姫と結婚しなければならないんだ」。

彼が帰る国は「太陽の東、月の西」で、「そこへ行く道順は君にはわからない」と言い残して彼は去ってしまいます。

泣き疲れて眠った娘が目覚めたときには、城も財宝もすべてが消えていました。それから娘は夫を探しに遍歴します。お婆さんに道を尋ねると、黄金の林檎をくれて馬を貸してくれました。その馬が連れていってくれた次のお婆さんのところでは、羊毛を梳く黄金の櫛をもらい別の馬を借りました。その次のお婆さんは黄金の糸車をくれて、東風のところへ連れていってくれる馬を貸してくれました。

長い長い道を行き東風に会うと、東風は娘を西風のところへ運びました。西風は南風へ、南風は北風へ娘を運びました。一番歳をとっていて一番強い北風は、彼女を世界の果てのトロールの国へ連れていき城の下へ降ろしました。

翌朝、娘が城の窓の下で黄金の林檎で遊んでいると、鼻の長い姫がそれに気付きました。姫が何をあげたら黄金の林檎をくれるかと尋ねるので、娘は、王子様と一晩同じ部屋で過ごさせてほしいと頼みます。鼻の長い姫は了解し、娘は王子の寝室へ行きますが、王子はぐっすり眠っていてどうしても目を覚まさず、朝が来てしまいました。次の日も黄金の梳き櫛と交換に娘は彼の寝室へ入りますが、やはり王子は目を覚ましませんでした。

三日目の昼間、この国にさらわれて来ているキリスト教徒たちが、王子に、夜中に王子を起こそうとしている女性がいると伝えます。それで王子は、自分が鼻の長い姫に睡眠薬を飲まされていたことを知ります。その晩、娘は黄金の糸車と引き換えに、また王子の寝室へ入りました。王子は勧められたものを飲まずにいて、娘に再会できました。

翌日は、王子と鼻の長い姫の婚礼の日でした。婚礼の前に王子は、「シャツについた三つのシミを落としてきれいに洗濯（せんたく）できる人と結婚する」と言います。そのシミを落とせるのは、キリスト教徒だけです。（信仰を試す特別なシャツとシミなのです。）

鼻の長い姫がやってみると、シミが大きくなります。鼻の長い姫の母親がやると、シミはさらに大きく黒くなってシャツはすっかり汚くなりました。トロールたちも洗ってみましたがシミが取れません。ところが娘が洗うと、すっかり白くなりました。「あなたこそが私の妻にふさわしい」と王子が娘に言いました。

鼻の長い姫の母親は怒りで破裂しました。鼻の長い姫も破裂しました。トロールたちもみんな破裂しました。そしてすっかりいなくなりました。王子と娘は結婚しました。

二人は囚（とら）われていたキリスト教徒を全員自由にして、金銀を手に「太陽の東、月の西」からなるべく遠いところへ逃げていったとのことです。

❖優しく思いやりのある白熊

このおとぎ話は、前半が幻想的で美しいですね。白熊は娘の家族を訪ね、礼儀を尽くして娘を嫁に欲しいと頼んでいます。娘が家族と相談して考える時間も与え、自ら迎えにいって、娘を自分の背に乗せて連れ帰ります。白熊が「怖くないかい」「私の毛皮にしっかりつかまっているんだよ」と気遣(きづか)いながら娘を森の奥へ奥へと連れていく描写は、異世界に旅立つ娘の不安に寄り添った、なんとも優しく深い味わいのある部分です。

この時から、白熊と娘の間に微(かす)かな気持ちのつながりが生じ始めたようです。昼間は熊、夜は姿の見えない夫ではありましたが、それなりに幸せに暮らしていた娘が次第に寂しくなって里帰りしたいと言った時も、彼は精一杯理解を示しています。熊という獰猛(どうもう)な動物にも人間に劣らぬ豊かな心があり、むしろ人間より節度をわきまえた優れた人格があると、語り手は思っていたようです。北欧民話ならではの動物描写です。

ディズニー映画の『美女と野獣』にも、娘が徐々(じょじょ)に、野獣に気持ちを許していく様子が描かれていました。おとぎ話では、自然と人間との交流がテーマのひとつにあります。人間と交流できる獣は人間と同じ感情を持ち、姿は荒々しいけれども精神は高貴な登場人物です。

❖宗教の入れ替わりを映す物語

『太陽の東、月の西』は、娘が白熊の正体を見て恋をするところまでは、神話の『キューピッドとプシケー』に似ていますが、娘が一人になって遍歴をする物語後半から結末にかけてが、だいぶ違いますね。城に着いてからは、鼻の長い姫、姫の母親、キリスト教徒、トロールが登場します。特に、キリスト教徒と不思議なシャツの部分は、取ってつけた感じがしませんでしたか。

王子が戻らねばならなかった遠い場所、「太陽の東、月の西」とはトロールの国です。それは王子の出身地で、キリスト教以前の民間信仰が支配する神話時代の国を表しています。このおとぎ話は、北欧におけるキリスト教の伝播(でんぱ)と定着を、結婚にたとえて示しています。

北欧の国々がゲルマン宗教からキリスト教に改宗したのは、十世紀前後のことだそうです。主人公の邪魔をする悪役の鼻の長い姫、姫の母親とトロールたちは、北欧の人々がかつて信じていた神話や伝承の世界を代表する登場人物です。

物語の後半で、王子は昔の信仰の世界(鼻の長い姫)と結婚させられることでキリスト教(娘)を諦める瀬戸際にいました。しかし、「シャツを洗う」という結婚相手の判定テストをすると、汚れ(罪)をきれいに洗えたのが娘(キリスト教)でした。その結果があって、王子は旧世界(鼻の長い姫、トロールたちの国)を拒否できました。国の統治者である王子に見放されて旧世界は自滅した、というのが話の流れです。

注目したいのは、王子が、鼻の長い姫やその仲間と戦って殺して別れるという方法を取らなかったことです。国の宗教的覇権の入れ替わりをたとえた物語に、殺し合いが出てこないのは意味深いといえます。旧世界の人々は怒りという自らの悪徳のために破滅したのであって、王子や娘や王子に味方したキリスト教徒たちに罪はないということなのでしょう。物語の語り手は、ちゃんと考えているのですね。

なお、『太陽の東、月の西』のストーリーには、北欧伝承物語の『白熊王ヴァレモン』も合体しています。北欧において「白熊」はただの野獣ではなく、最強の王に等しく、畏怖と敬意の対象だった点を付け加えておきます。

❖悪役の悲しみ

以上のように、おとぎ話の結婚は、ある価値観（旧宗教に囚われた王子）が別の価値観（キリスト教徒の娘）に同化・融合して、将来を手にする過程を象徴することがあります。ただしそのときに、優越して残った価値観（キリスト教側）に属する人々が正しい存在として清く美しく描かれ、排除された価値観（キリスト教以前の信仰）に属する人々は悪役にされます。

考えてみれば、鼻の長い姫は、一方的に婚約者を奪われた気の毒な立場にあります。ヨーロッパがキリスト教化される以前の信仰は、キリスト教化以降の伝承物語において、しばしば「悪」の役回りを負い、それが完全消滅して物語はハッピーエンドになります。

もうひとつ加えると、おとぎ話では主人公に不利益を及ぼす人物が悪役として描かれます。これは、人の心の中で起こることに似ています。私たちは、自分を害する物や人を悪と感じ、それを避けようと努力しますね。現実の世界では、自分に害を及ぼす人でも、イコール完全な「悪」というわけではないし、ましてやその人を破滅させるのは誤りだと私たちは知っています。それに、その人から見れば私たちのほうが悪役になりえます。

でもおとぎ話は、主人公の幸福を目的として一方的な見方で語られ、脇役や悪役の視点からは事態を観察することがありません。悪役の悲しみには配慮しないのです。ここが、あらゆる人の人格を認め、世界の多様性を受け入れようとする現代の立場と矛盾(むじゅん)する点です。ですので、おとぎ話を使った現代のアダプテーション(作り替え)作品には、悪役の立場になって創作されたものがあります。

❖現代の悪役たち

たとえば、『眠れる森の美女』(一九五九)を作り替えた映画『マレフィセント』(二〇一四)では、オーロラ姫に呪いをかける「悪い」妖精マレフィセントの過去が描かれ、人間に害を及ぼす「悪役」になるには、それだけの辛(つら)い理由があったとしています。この映画はマレフィセントの立場で出来事を見て作られているので、逆に人間の王ステファンが悪役にされています。視点を変えて起こる立場の逆転です。最後にオーロラ姫が妖精の国と人間の国を統一するあたりは、おとぎ話のめざす合一(ごういつ)、「結婚」の枠組みに入ります。

これに対して漫画・アニメの『ゲゲゲの鬼太郎』や『夏目友人帳』では、妖怪はトロールと同じく旧世界の生き物ですが、妖怪というグループごと悪役にはされておらず、かといって人間が悪の側に設定されているわけでもありません。人間にも妖怪にも悪役がいます。これら日本の作品は、結婚に象徴されるような合一や統一あるいは征服は目指さず、異世界の者とそのまま曖昧（あいまい）な共生を続ける特徴を持つようです。

　現代の「悪役令嬢もの」の作品も、「悪」の内容が曖昧で共生を志向するパターンです。悪役令嬢というキャラクターには、悪役の「強さ」に対する憧（あこが）れが表現されています。古い価値観では女性の知力や行動力は敬遠されがちなので、現代ではそこを逆手に取って、悪役と言われようと思い切り強い女性がカッコいい。さらに、悪役令嬢は孤立してもなお、凛（りん）と自分を保ち続けるので、その姿勢やメンタルの強さにも魅力があります。悪役令嬢は、実は悪人の設定ではありません。

　これに対して、多くは古くから伝わるおとぎ話の悪役は、一点の疑いもなく悪と見なされています。そして、悪につきものの厳しい孤独のうちに排除されます。悪が招く孤独と、幸福に至る過程の孤独とは異なります。おとぎ話は、孤独を乗り越えて幸福へ向かう生き方を知らせようとしている。これについては、第1章でお話しした通りです。

6 『美人娘イブロンカ』——悪魔を呼んでしまった娘

「美人娘イブロンカ、お前は鍵穴(かぎあな)の向こうに何を見た?」

「何も見なかったわ」

「いや、今すぐに言え」と彼は言った、「さもないと、お前を殺す」。


「美人娘イブロンカ」、リンダ・デーグ編『ハンガリー民話』(University of Chicago Press, 1965)より

❖悪魔の恋人を持った娘の物語

ハンガリーの伝承物語『美人娘イブロンカ』には、主人公を脅(おびや)かす恋人が登場します。この恐ろしいおとぎ話を民話集に収めた民俗学者リンダ・デーグ(一九一八―二〇一四)によれば、イブロンカの物語はハンガリーで大変好まれており、どの村でも伝承されていたそうです。

図 2-3　糸巻きの少女（木版画）。Wellcome Collection. https://wellcomecollection.org/works/efrb5sxt

リトアニア、ユーゴスラビアなどにも広がっています。

　物語の途中で明らかになるように、イブロンカの恋人は半死人（アンデッド）であり悪魔でもあります。彼はイブロンカを一度失った後、ずっと彼女を探し続けるのですが、彼女は捕まりませんでした。ところが、彼女が教会の礼拝に出るとすぐに居場所を知ってやってきます。彼にとっての選択肢は、イブロンカを自分のものにするか殺すかのどちらかしかありません。

　悪魔に追いかけられることになった娘の行く末を描くこのおとぎ話も、ハンガリーにおけるキリスト教化の過程を反映しています。主人公のイブロンカはキリスト教に改宗する人を表し、悪役である恋人（死体を食べる人）は旧宗教を表す人物といえます。最後は恐ろしい恋人が消滅し、イブロンカはキリスト教徒の夫と結ばれて平和で幸せな日々を得ます。

『美人娘イブロンカ』は、悪魔の恋人を避けた後でイブロンカが結婚することになる王子との人間的葛藤も描いています。ですが、この節では宗教の話を離れ、異なる文化に属する人間同士が密接なパートナーとして共に生き、それがプラスに働いて前向きな人生を送るためには何が必要かを、物語に読み取ってみましょう。

お互いの過去も含めて他人をすべて受け入れる難しさ、それは長い時間を必要とする忍耐強い行為なのだということを、語り手は伝えています。

ハンガリーの農村では、二十世紀中頃まで、冬の間は娘たちが集まって糸紡ぎをするのが習慣でした。未婚の青年も集まり、退屈な手作業から気を紛らわしました。作業場が庶民の社交場だったのですね。

娘が「つむ」と呼ばれる糸の巻き取り棒を床に落とした時には、それを拾った青年が、つむの持ち主にキスしてもいい約束だったとのこと。主人公イブロンカも素敵なパートナーを探していたのでしたが、思いもよらぬ男性が彼女に近づきました。

（物語）

◇◇ 村にイブロンカという名の美しい娘がいました。昔、娘たちは村のどこかの家に集まって糸紡ぎをしたものです。どの娘にも恋人がいたのに、イブロンカだけにはいませんでした。イブロンカは、「悪魔でもいいから神様が私に恋人をくだされぱいいのに」と思いました。その晩、糸紡ぎの部屋へ一人の見知らぬ若者がやってきて、彼女の隣に座りました。彼は羊の革のマントを着て水鳥の羽根で飾った帽子をかぶっていました。

部屋では、若い男女が盛（さか）んにおしゃべりをしながら過ごしていました。そのとき、イブロンカが糸の巻き取り棒を床に落としました。急いでそれを拾おうと身をかがめたとき、この青年もそれを拾おうとしました。と、イブロンカは彼の足が蹄（ひづめ）のある動物の足だと気づきます。別れるときに彼にハグすると、彼女の手が彼の脇腹をすっと通り抜けてしまいました。彼女は心配になって、村にいる物知りのお婆さんに相談に行きました。

イブロンカはお婆さんに、毎晩違う糸紡ぎの場所へ行くよう言われ、そうしてみると彼は必ずイブロンカの居場所を見つけて訪ねてきました。彼女はますます心配になります。次にお婆さんに言われて、イブロンカは糸の玉を用意し、別れ際に糸の端を彼の羊革のマントの飾り房（ふさ）に結びつけました。

さよならの後で毛糸を手繰（たぐ）り寄せ恋人が帰った方向へ追うと、教会墓地へ着きました。イブロンカは墓地へ入る扉の鍵穴から墓地を覗（のぞ）きます。すると、彼が死体の頭をメロンを割るように半分に割り、脳みそを食べていました。イブロンカは急いで立ち去りますが、見つかって追いかけられます。あわやというところで自分の家に戻って戸を閉めました。

戸の外から彼が言います、「美人娘イブロンカ、お前は鍵穴の向こうに何を見た？」イブロンカが答えます、「何も見なかったわ」。すると彼が脅（おど）しました、「いや、今すぐに言え。さもないと、おまえの姉を殺す」。翌朝、イブロンカの姉が死んでいました。

村のお婆さんに相談すると、姉の遺体は埋葬せずに外の小屋に置いておくようにと言われます。それからも、同じことが連続して起こります。家族が次々に殺されて最後はイブロンカも脅されますが、「何も見なかった」と答えたのでやはり殺されてしまいます。

イブロンカの遺体は、村のお婆さんの指示に従い、戸口ではなく友人が壁に穴をあけてそこから運び出されました。そして、ちゃんとした道路ではなく畑や脇道を通って運び、墓地ではなく教会の敷地の側溝（そっこう）に埋められました。イブロンカを見つけられないとわかった悪魔の恋人は、鉄の靴を履（は）き、鉄の杖（つえ）を持ってイブロンカを探しに出ました。鉄の靴に穴があくまで歩くことになったとしても、必ずイブロンカを見つけ出してみせると決めていました。

さて、イブロンカの埋葬場所から美しいバラが育ち花を咲かせました。王子が通りかかって家来にバラを摘むように命じましたが、どうしても抜けません。家来にかわって王子がやってみると、すぐ抜けました。王子はそれを城に持ち帰り、食堂の鏡の前に飾りました。

ある日城の召使(めしつか)いが、王子の残した料理が片付ける前に全部なくなるのだが、誰が食べたかわからないと王子に言います。不審に思った王子に命ぜられて召使いが隠れて見張っていると、飾ってあったバラがとても美しい乙女に変身し、王子の残した食べ物で食事してからバラに戻りました。これを聞いた王子は次の晩に自分の目で確かめます。

バラから変身した娘があまりに美しいので、王子はその娘（イブロンカ）を捕まえ自分の膝(ひざ)に乗せ、熱烈に求婚しました。イブロンカは王子の求愛を受け入れましたが、同時に条件をつけました。「教会へ行くようにと強制しないこと」と。

子供が二人生まれ五歳と六歳になったとき、若き王は王妃イブロンカに、どうしても一緒に教会へ行ってほしいと言います。「どんなことになっても知りませんよ」とイブロンカは警告して、王の求めに従って共に教会へ行きます。国民はとても喜びました。

礼拝が終わる頃、穴があいた鉄靴を履き鉄杖(てつじょう)を持った男が教会の入り口に来て大声で言いました、「私は誓った、イブロンカ、鉄靴を履き鉄杖を携(たずさ)えて、見つけられないとしても、それでも君を探しに行くと。でも、靴と杖がすっかりすり減ってしまう前に、君を見つけた。今夜、私は君の所へ行く」。

その晩、城の窓の外から声が聞こえました。「美人娘イブロンカ、お前は鍵穴の向こうに何を見た？」それに対してイブロンカは、糸紡ぎの集まりで起こったことからその日の出来事まで細かく、すでに語り手が語ったのと同じように自分の言葉で物語ります。

でもイブロンカは、鍵穴の向こうに見たこと――彼が死人の脳みそを食べていたこと、だけは言いませんでした。そして語りの途中で、彼女は呪いを解く決まり文句を繰り返し言います。

「――私は今、死人に話をしています、生きた人にではない」。

イブロンカの話の途中、男は窓の外で「美人娘イブロンカ、お前は鍵穴の向こうに何を見た？」と叫び続けていましたが、突然、大きな叫び声をあげると城が激しく揺(ゆ)れ、倒れて死にました。イブロンカの母と父と姉は、長い眠りから目覚めて生き返りました。

❖問題の発端と呪いの解き方

イブロンカはなぜ悪魔を恋人にしてしまったのでしょうか。知り合いの娘たちにはみんな恋人がいるのに、彼女にだけはいませんでした(プシケーもそうでしたね)。それで、悪魔でもいいからと心の中で言葉にしてしまい、それが現実になりました。

不用意な言葉によって悪を引き寄せてしまう物語はたくさんあります。第1章で紹介した『十二羽の野鴨』でも、母妃の失言のために十二人の兄たちが野鴨になってしまいます。

極端なことを思いついたり、ふと口にするのは誰にでもあることなのに、物語の語り手は、その行為が悪魔を呼び出すこともあると教えています。イブロンカの場合は、自分だけに恋人がいないことを過剰に気にかけて悩み、その弱点につけ込んで悪魔がやってきました。

言葉で悪魔を呼び出してしまった一方で、何が起きたかわかった後は、イブロンカは言葉で悪魔を拒否し続けました。鍵穴を通して見た悪魔の行為について、何を見たかと聞かれても決して言いません。目撃したことを言葉にして悪魔と合意が生じれば、彼の世界に取り込まれてしまいます。どんなに怖くても言葉で悪魔と現実を共有せず、同じ世界にいたという認識を残さなかったので、彼女は悪魔の仲間にならずにすみました。

❖言葉の力

物語の終盤、イブロンカは自分に起こった事件を語ります。第1章で説明した、おとぎ話の中の二度語りです。しかし、それによって悪魔に取り込まれはしませんでした。なぜなら、話しながら彼女は「私は今、死人に話をしています」と言い続けたからです。物語で「悪魔」と呼ばれている彼女の最初の恋人は、死に切れていない死人です。本人が拒否している死の事実を、イブロンカは呪文(じゅもん)のように何度も言葉にして現実世界に露出させます。その結果ついに、彼は本当に死んで滅びました。

言葉は、人が現実世界と異世界との境界域に紛(まぎ)れ込んだ時に、二つの世界を適切に往来するための通行手形(パスポート)となります。異世界へ入るための呪文はその代表ですが、おとぎ話は呪文の他にも、複雑で多様な言葉の使い方とその約束を教えています。

基本的には、言葉が通じて意思疎通(そつう)がかなえば仲間とみなされます。イブロンカが悪魔とのコミュニケーションを拒否し、論点をずらした答えをした理由はここにあるのです。

物語が描いてみせる異世界には、死人の世界や悪魔の世界がある一方、天界や神々の世界、高貴な超自然生物の世界もあります。私たちが言葉で認識する自分の欲望や弱さ、決心や思想、感情や思考は、私たち自身のものでありながら言葉で表すことで外とも繋(つな)がっています。それは〈異世界〉を引き寄せてしまうほど神秘的で奥深く、恐怖や畏怖に満ちた領域なのです。

❖悪魔の恋人とは誰か

生者に関わり続けようとする半死人(アンデッド)の伝説は、中央ヨーロッパから東ヨーロッパにかけて数多くあります。墓地で死者の脳みそを食べるイブロンカの恋人は、ヴァンパイアや『鬼滅の刃』の鬼たちを連想させますね。他方、ヴァンパイアや『鬼滅の刃』の鬼が相手を傷つけることで自身の仲間を増やすのに対し、イブロンカの恋人は彼女だけが関心事です。『美人娘イブロンカ』は、恋のおとぎ話なのです。

このような違いは、半死人(アンデッド)に関する伝承民話の発展の歴史と関係があるでしょう。ヴァンパイア伝説はペストなどの感染症流行と関連し、死の恐怖が連鎖することに物語の主眼が置かれています。それに対してイブロンカの物語は、全(まっと)うされなかった欲望や怨(うら)みを「悪魔」

としています。恋人が欲しい女性(イブロンカ)と、愛を求めて満たされなかった男性(死者)が一瞬触れ合ったために、イブロンカは彼に追われる身となりました。

同様の伝承は他にもあり、スコットランド系の物語歌(バラッド)「ハウス・カーペンター」では、若くして死んだ男性が、今では人妻となり子供もいるかつての恋人を迎えにきて誘惑し、女性は海で遭難して死にます。またハンガリーの民話『死の婚約者』では、戦死した婚約者を娘の恋心が墓場から呼び出してしまいます。しかし、夜明けがきたので娘は死者の国に連れ去られずにすみました。

上記のように、死にきれずに活動する死者たちは、歌や物語の前半で生者の気持ちを満たす優しい存在として現れ、後半では急に恐ろしく強引な性格に変わります。イブロンカの恋人も、鉄の靴に穴があくまで彼女を探し求めて歩き回るほどの執着を示します。彼の姿は、恋以外のすべてに希望を失った人の様子を思わせ、不気味です。

伝承物語は、人間の執拗(しつよう)な欲望を死にきれない死者として表して(「キャラ化」して)います。執着の化身(けしん)(悪魔)の誘いに同意してしまうと、「ハウス・カーペンター」の歌で海へ誘い出された女性のように破滅します。でも、不条理な欲望の世界を断固として拒否し自分の現実を守れば、イブロンカのように最後は安心して生を全うできます。

伝承歌や民話に登場する異世界の恋人は、安らかに永眠できず天国に入れない死者として、物語では「悪魔」（デーモン、デビル）と呼ばれます。しかし彼らは主人公の外から来るのではなく、先に説明したように、生者である主人公が自分の要求によって呼び出してしまった異世界の霊です。生者の在り方次第で怪物化したり消えたりします。

イブロンカの悪魔の恋人は、彼女を死に誘い込もうとする要因であるとともに、王子に出会って幸せを手にするための厳しいプロセスをも象徴しています。

❖ハッピーエンドまでの道筋

ではこの節の最後に、イブロンカが異世界の恋人に追い回される理由と、ハッピーエンドまでの道筋を考えてみましょう。

まず、彼女はなぜ教会へ行くと昔の恋人に見つかるのでしょうか。キリスト教を秩序の中心に据えていた社会では、教会へ行かない人は信仰のない人、社会の約束事に従わない人、神に反抗する人、すなわち悪魔の仲間とされることがありました。ですから、教会へ行けないイブロンカは部分的に悪魔に繋がれています。教会へ行くことで、彼女は悪魔に完全な別れの宣言をしたことになります。彼はそれに反応して、彼女の居場所を見つけたのです。

悪魔が城まで追ってきた時、イブロンカはそれまでのことを彼に対して物語ります(物語内の二度語り)。ここで彼女は、過去を悪魔と言葉で共有しつつも、墓場で彼の秘密を見たことは決して認めません。その代わり、あなたは死んでいると念を押し続けて、ついに彼を死の世界に戻らせます。

大事なのは、この話を夫である王も聞いていたことです。語る言葉で、彼女は夫と過去の経験を共有しました。それが結婚生活の完成と安定に必要だったのです。王は、イブロンカの良いパートナーとなるため彼女のことを十分に知らねばなりません。ことに、なぜ悪魔に取り憑かれたのかということと、悪魔と別れる彼女の強い意志を。

結婚は理想の相手と結ばれた時に完成するのではなく、過去を含めて相手を理解し受け入れてこそ完成するのだと、おとぎ話の語り手は考えているようです。とはいえ、他人に過去や秘密を知らせるのは簡単なことではない。それを受け入れるのはさらに難しい。このことは、後の第4章で、もう一度考えてみます。

イブロンカの場合も、教会へ行けば悪魔に見つかると知りながら危険を冒す勇気があってこそ、王(夫)の要求を受け入れたのでしょう。およそ七年間の結婚生活で得た自信と夫への信頼が、彼女の背を押したのかもしれません。子供たちの成長を待って事態が動いた点は、真実を受け入れる夫の心の準備にそれだけの時間がかかったということでもあります。

イブロンカの教会への復帰は、彼女が外の世界で認められて一人前に生活できるようになったことを意味します。すなわち彼女の自立です。イブロンカの父母と姉が生還したのは、彼女が過去を取り戻して、自分をまるごと復活させたということでしょう。こうしてイブロンカは、全人格的に王のパートナーとなります。おとぎ話のハッピーエンドは、結婚式ではなく、主人公の人格の完成と自由の獲得であるといえます。

おとぎ話のモヤモヤ
Q&A
3

悪役が残酷に殺されても、ハッピーエンド?

おとぎ話では主人公だけが最後にいい思いをして、悪役が残忍に殺されてしまうことが少なくありません。現代に生きる私たちはあらゆる人や動物にも人権や存在意義を認めることができるので、ムゴイなあと思うわけですが、おとぎ話の語り手は脇役をチェスや将棋の駒のように使います。脇役の登場人物は主人公が進んでいくための守り役だったり障害だったりし、Q&A2で述べたように、用事が済めば消えてしまいます。

悪役は主人公を終点へと押し進めていく最重要な脇役なので、最後まで消えません。そして破壊されます。破壊のされ方が酷ければ酷いほど、語り手がその人物を悪だと考えている証拠です。他方、主人公をだましてもポッと許される場合があります。語り手が、その人物を悪だと思っていないからです。

ですので、物語の結末はおとぎ話の価値観を見抜く指標になります。主人公中心に考えた場合に摩擦や問題が残らないこと、すなわちハッピーエンドがまず最初のお約束です。

第3章

暴力と奇跡
絶望から立ち上がる

家族の問題は、外の世界で自由に活動できなかった女性にとっては特に、避けるのが困難だったので、おとぎ話の重要な背景になっています。物語を語り継いだ人々に一体何が事実として起こり、その人たちがどのように生き延びたのかはもうわかりませんが、人々は想像力で光を探し、奇跡が起こる物語を紡（つむ）いだのでしょう。

これから紹介する話は、残酷な暴力や虐待（ぎゃくたい）の記述を含みます。読むのが辛（つら）いと思う人は、どうぞ無理をしないで次の章に進んでください。おとぎ話が生まれて語り継がれた時代は、現代の日本とは別世界といえるほど、環境も価値観も異なっていました。その世界で弱者であることは、私たちの想像が容易に及ばない試練でした。

伝承や古い時代のおとぎ話に、衝撃的な物語が少なくないのはそのせいです。特に身体（からだ）をめぐる価値観や女性に対する行動の基準には、私たちが決して認められないものが含まれています。皆さんがこの章の物語を読んでくださるのであれば、記述に含まれる主人公の被害とその深刻さを、現代社会にある問題の〈たとえ〉として受け止め、解釈してください。昔の人々は、おとぎ話の中の奇跡にどんな希望を託（たく）し、どんな人になら奇跡は起こると思ったのでしょう。

7 『腕のない娘』——おとぎ話のヴァイオレットたち

彼女は出ていった、つらい涙を流しながら。
彼女は歩いた、長い間か短い間かもわからずに。
荒野には何もなかった、森も村も、どこにも何も。

「腕のない娘」、アレクサンドル・アファナーシエフ編『ロシアのおとぎ話』(一九四五)より

❖両腕を失う娘の物語

両腕のない娘といえば、『ヴァイオレット・エヴァーガーデン』の主人公が思い浮かびます。ヴァイオレットは、暴力的な戦争によって、自分の両腕と保護者だった少佐をなくしました。そこから彼女の自立の遍歴(へんれき)は始まりますが、ヴァイオレットは心を通わす会話がなかなかできません。ですが、義手を得て手紙を代筆する「ドール」として言葉による表現を

図3-1　おとぎ話では、人が住むべき領域とその外(森など)との区別がはっきりしている。ジリアン・エイヴリ再話『ロシアのおとぎ話集』の、イヴァン・ビリビンによる表紙画(Everyman's Library Children's Classics, 1995)

獲得するうち、感情や思考と言葉を一致させていきます。「愛している」という言葉が「わかる」かどうかが試金石(判定基準)です。そして彼女は、徐々に幸せへと向かいます。

おとぎ話『腕のない娘』の主人公も、保護者だった兄から離れる時に暴力的に腕をなくします。そこから一人で生き始め、多くの苦難を経た後に自分の言葉で自分の遍歴を語り、幸せになります。ヴァイオレットは義手を使いこなせるようになるのと並行して、心に傷を負った人々に求められて表現の窓口になっていきますね。『腕のない娘』の主人公は、自分を必要とする赤ん坊を救おうとして、なくした腕を取り戻す奇跡を得ます。

『腕のない娘』はロシアの伝承民話です。この話を収録した最初の民話集は、一八五五年から六三年にかけて出版されました。編纂者のアレクサンドル・アファナーシエフ(一八二六―七二)は、収集した六百以上のロシア民話を八分冊にまとめています。アファナーシエフは、地理学者や探検家たちがロシア各地の語り部から民話を聞き取って記録した膨大な資料を集大成しました。「ロシアのグリム」とも呼ばれています。

ロシアのバージョンによく似た話が、ハンガリーでも収集されています。ハンガリーの物語では、両手両足も切り取られた少女が王子に見出され、ついには身体を回復します。このおとぎ話の類話は、世界各地にあります。グリム童話の『手なし娘』は、二〇一六年にセバスチャン・ローデンバック監督によって『手をなくした少女』というタイトルのアニメーション映画(フランス・ドイツ)になりました。

このおとぎ話の主人公は、残酷で理不尽ないくつもの困難に直面します。主人公に自己投影してしまうと、読むのが辛い内容ですから注意してください。イスラーム教圏とキリスト教圏にまたがって伝わっていたおとぎ話で、日本にもバリエーションはあります。世界で広く共有されるにはそれだけの理由があったと思われます。「昔々あるところ」の話であるという架空の設定を忘れずに近づきましょう。

〈物語〉

ある王国に裕福な商人がいて子供が二人いましたが、商人とその妻はほどなく死んでしまい、兄と妹が残されました。兄は妹を連れて別の町へ行き、商売を始めました。それから兄は結婚したのですが、兄嫁は魔女でした。

ある日、兄は妹に声をかけ、家を整理しておくように頼んで店に出かけました。すると兄嫁は、家中の家具を壊してしまいました。夫(兄)が帰宅すると、それを義妹のせいにして告げ口します。でも夫(兄)は、家具はまた買えばいいと言っただけでした。次の日も兄が妹に家の世話を頼んで仕事に行った後、兄嫁は彼が大事にしていた馬の頭をサーベルで切り落としてしまいます。そしてこれも「あなたの妹がやった」と告げ口をしました。それでも兄は、死んだ馬を「犬に食べさせておけ」と言っただけでした。

さて三日目に兄が店へ行くとき、彼はまた妹に声をかけ、出産を控えている自分の妻をよく面倒見るように言いました。兄嫁は、彼の留守中に男の子を産みましたが、頭を切り落として殺しました。そしてこれも、妹がやったと告げ口しました。

夜になり、兄は妹を礼拝に連れていくと言って馬車に乗せます。森の奥で、彼は妹の肘から下を切り落としました。彼女をそこに置き去りにし、自分は帰っていきました。

両腕を切られた娘(妹)は森をさまよい、何年も過ぎてからようやく外へ出る道を見つけました。娘は町へ着いて、裕福な商家の窓の下で物乞いをします。するとこの家の息子が娘に恋をします。物乞いの娘と結婚したいという息子に困った両親が町の聖職者に相談しますと、神の思し召しであろうとのことで結婚が許されます。

二人はしばらくの間幸せに暮らすのですが、ある時、夫が、娘が兄と暮らしていた町に所用ができて、兄の家に客として二、三か月間滞在することになりました。夫の留守中、娘は男の子を産みました。その赤ん坊は、手の先から肘までが金色で、身体の脇には星が、額には明るい月が輝き、心臓のそばには太陽が光っていました。

大喜びした夫の両親は、すぐさま息子に知らせを書きました。ところが娘の兄嫁がこの手紙を盗み、あなたの妻は「半分が犬で半分が豚の赤ん坊を産みました、彼女は森で動物たちと交わった」という内容の手紙とすり替えてしまいます。

恐ろしい手紙を受け取った娘の夫は、深く悲しみ、帰ったら自分の目で確かめるから(赤ん坊と妻はそのままに）と返事を書きました。ところがこの手紙も兄嫁に盗まれ、「手紙が届いたらすぐに屋敷から追い出すように」と書いてある偽の手紙にすり替えられたのです。それを受け取った夫の両親は驚いて悲しみましたが、仕方なく、両腕のない母親の胸に赤ん坊をくくりつけ、二人を家から追い出しました。

娘は涙を流しながら歩き続けました。どれほど時間が経ったのかもわからないまま、何もないところをさまよっていると泉がありました。のどの渇きをいやしたくて泉にかがみ込み水に口を近づけたとき、胸にくくっていた赤ん坊が水の中に落ちます。娘は泣きながら泉の周りをぐるぐる歩きました。

そこへ老人が現れて、こう言いました、「泉にかがみ込んで赤ん坊を拾い上げなさい」。自分には腕がないからそれができないと娘が言うと、老人はそれでもやってみなさいと言います。言われた通りに娘がすると、神がお助けになり、腕が元に戻って赤ん坊を救い上げることができました。

娘は神に感謝の祈りを捧げ、旅を続けます。兄の家へ行き、素性を明かさずに宿を請います。そこには、商売の都合で自分の夫が滞在していました。彼女をただの物乞いと思った夫は、自分は物乞いの物語りが好きだから彼女に宿を恵んでほしいと兄に頼みます。兄嫁だけはこの貧しい女が義妹だと見抜いたので反対するのですが、娘は赤ん坊と共に招き入れられました。

娘はそこで物語りをするように請われ、自分が誰かを明かさずに、起こったことを自分の兄と夫に語って聞かせます。両親が亡くなって兄と新しい町へ行ったこと、義姉の嘘、腕の切断、結婚、出産、手紙の指示で追放されたこと、腕が元に戻った奇跡。語りの最後で、「これが私の夫、これが私の兄、これが私の義姉」と指して、真実を明かします。

夫は仰天して喜び、赤ん坊を受け取っておくるみを開くと、部屋中が明るい光で満たされました。娘の兄は自分の妻を馬の尾に縛り付けて引き回させたので、彼女はバラバラになって死にました。娘と夫は家に戻り、家は栄え二人は幸せに暮らしたそうです。

◇◇

❖兄の行動と義姉の仕打ち

要点を整理しながら、物語を振り返ってみます。妹と暮らしていた兄は結婚してから妻に三度だまされ、三度目に罪のない妹の両腕を切り落とした上、森に置き去りにします。この展開で私たちがまず疑問に思うのは、義姉が嘘をついた時、娘はなぜ無実を主張しなかったのかということです。でも娘は、異論を唱えられる立場になかったのかもしれません。

　言いたいことが言えないまま、不利な状況に陥る人は現代にもいます。ましてや、家父長制が極度に強い時代の家庭で、父を失い兄夫婦の世話になっている娘が、兄嫁の発言を嘘だと告発するのは容易ではありません。娘は黙って耐えるほか仕方なかったのです。

　あるいは、兄は妻の情報が偽りだと知っていたのかもしれません。最初の二回は驚くほど寛容に妹を見逃していますね。そもそも、兄嫁がこんな意地悪をしたのはなぜなのか。家内を取り仕切るのは妻の仕事のはずなのに、兄が妹にそれを頼んだからです。

　ここは、兄と妹の距離が特別に近いと感じさせる部分です。兄が妹に通常以上の愛着を抱いているとわかります。「家事を頼む」は、妹に嫁の代わりをさせたことの比喩（たとえ）の可能性があります。兄嫁はそれに嫉妬したのでした。兄は妻の嘘に気づいているようですが、語り手は兄を追及せず、妹の受難の理由をすべて兄嫁のせいにしています。

　物語で、兄嫁は魔女だと書かれています。でも魔法を使うわけではなく、悪賢いだけですね。兄嫁は主人公に害を及ぼす悪役です。しかしある意味では兄嫁も男性優位社会の犠牲者で、度を越した反応ではあるものの、不満やしんどさを夫に言えない立場にあります。登場する女性二人ともが抑圧されて生きているのに、主人公は最後に救われ、兄嫁は厳罰を受けました。二人の運命を分けたのは何なのか。これについては、後で説明しましょう。

さて、兄は二回妹をかばいましたが、三回目でとうとう彼女を罰(ばっ)します。兄嫁によって三回目に破壊されたのは兄の息子、正当な跡継ぎでした。濡(ぬ)れ衣(ぎぬ)を負わされた妹に与えられた罰は、腕の切断と追放です。かつては多くの文化圏で、人体の一部を切断したり焼きごてで身体に烙印(らくいん)を残す非人道的な罰則がありました。

このおとぎ話は、人を社会の底辺へ突き落とす残酷な体罰を告発してもいます。

❖奇跡を招く

『腕のない娘』は「奇跡物語」と呼ばれる分類に入ります。絶望のどん底で神の奇跡が主人公を救います。ただし、理由もなく奇跡が起こるわけではありません。なぜ、どのように娘の運命は救いの方向へ動くのでしょうか。

娘は、森からの出口が見つけられないまま、数年にわたって森をさまよい続けます。その間に彼女は、すべてを兄に頼っていた自分から、自分の足でどこかへ歩いていける人間に変わりました。そして、物乞いに立ち寄った商人の家で、そこの跡継ぎ息子に愛されます。

金持ちの息子がなぜ貧しい娘に恋をしたのかは説明がないものの、この男性は弱い者に慈悲深く、思慮ある理想的な人物です。宿なしの放浪者が物語りするのを彼が好むということも、物語の後半に出ていますね。物乞いをせざるを得ない腕のない娘と金持ちの息子との結婚を、神の思し召しだと聖職者が判断しているからには、神は娘の価値をご存知なのです。

娘の価値は、生まれた赤ん坊が聖なる子供だったことで半分証明されました。赤ん坊の身体には星や月や太陽の印がついていて、身体が輝いていました。一方、彼女はまだ夫の保護がなければ生き続けるのさえ困難な状態です。再び、彼女は試練にさらされることになります。出産を知らせる手紙を兄嫁にすり替えられて、婚家から追放されます。

これほど執拗（しつよう）にまといつく意地悪な兄嫁とは、いったい何を表しているのか。兄嫁は、うまくいかない人生の悪い根っこ、防ぎようのない災難、人生の理不尽さや不合理を具現化した登場人物です。対立して打ち倒せる者ではなく、主人公が変化することによって消滅に追い込んでいかねばならない障害です。

❖二度目の奇跡

娘は再び物乞いとなりました。しかも今度は赤ん坊を胸にくくりつけています。人生の重荷が自分一人ではないのです。ところがここで、二回目の奇跡が起きます。水が飲みたくて泉にかがみ込んだ拍子(ひょうし)に、赤ん坊を泉に落としてしまう。なすすべもなく泣いていると、神の伝言人であると思(おぼ)しき老人が現れ、腕を差し伸べ赤ん坊を拾い上げなさいと言います。

老人は、できるかできないかではなく、どうしてもしなければならないことを強く望みなさいと、彼女に教えたのです。その教えに従うと、失われた腕が元通りになっていました。彼女に強い意志が備わった時、身体の傷が回復したと考えられます。

彼女と赤ん坊を救ったのは神ですが、自身の意志が救いを招いたといえます。先に私は、娘と兄嫁の運命を分けたのは何なのかと皆さんに問いました。娘は幾多(いくた)の困難に遭遇(そうぐう)しながらも、聖なるもの――すなわち彼女の赤ん坊――を守るつよい意志を育てました。

一方で兄嫁は、嫉妬や憎しみなどの感情にとらわれて奸計(かんけい)を巡らすのに人生を費やしています。子供を殺すなどという、残酷なことさえしています。兄嫁はその生き方のせいで、魔女だと呼ばれてしまう結果を自ら導いたといえましょう。

❖語ることと人生の再認知

伝承おとぎ話では、起こったことを主人公の口からもう一度物語らせることがよくあると、これまでの章で述べました。『腕のない娘』においても、最後の場面には娘の兄、兄嫁、娘の夫という主要登場人物がすべて揃う場面で、自立した主人公を再発見します。

結末場面のはじめで、自分を見知らぬ物乞いの女だと思っている夫に請われて、娘は物語りをします。移動しながら暮らしている民族や旅人や物乞いが、食事や一夜の宿のお礼として珍しい物語を話して聞かせる習慣は、どこの国にもあったようです。昔は今のように人の移動が容易ではありませんでしたから、各地を放浪する人々の話は刺激的で歓迎されたのです。娘はそのような語り手のふりをして、素性を明かさずに自分の経験を話します。

彼女は、この場面で初めて自らの言葉で長々としゃべり、それまでとはまるで別人です。兄と夫は、自分の知らないところで苦しみながら生き延びてきた一人の女性を物語の中に発見します。物語の語り手と主人公の女性が同一で、しかも自分の妹・妻であるとわかった時、兄と夫は彼女を独立した人間として再認知しました。その後は、一挙にハッピーエンドとなります。

❖不合理な現実の重み

ところで夫は、物語っているのが自分の妻だと知るとすぐに、息子を見せてくれと頼んでいます。「半分犬で半分豚」と知らされていた息子が、実は光り輝く聖なる赤ん坊だとわかって大喜びします。妻に再会した時の夫の反応が、妻に会えた喜びよりも類稀な息子を見た喜びだけで表されるところは、現代人には違和感があります。

また、娘の両腕を切り落とした兄が最後まで何の罪にも問われないばかりか、自分の妻であり娘の兄嫁である女性を実に酷い殺し方で処罰する部分も、公平な終わり方とは言いがたいですね。しかしそれこそが、物語を語り継いだ人々が呑み込んでいかなければならなかった、不合理極まりない現実だったのかもしれません。

弱者は困難を黙って耐えねばならぬこと、産んだ子供によって女性の地位が大きく左右されること、強い立場の人や権力者(この物語では兄)の行動の理不尽さは社会構造によって保護され保障されていることなどが、『腕のない娘』に読み取れる現実の不合理です。

8『自分の手を切った王女』――強制される悪を避けるために

天の王（神）に背く（そむ）ようなことを、誰が望もうと私にさせることはできないはずよ。あの人たちはきっとあきらめない。私が何を言っても聞き入れないでしょう――だけれど、あの人たちがこの計画をあきらめざるを得ない要因が、私にあるとなれば話は別。

フィリップ・ド・レミ『自分の手を切った王女』または『マネキンの物語』（一八四〇）より

❖望まない人生の選択の物語

高圧的な権力によって自分の意思にそぐわない行動を強いられた時、人は何をするのでしょうか。かつては王や夫や兄に絶対服従しなければいけない社会がありました。封建社会ではない現代ではもうそのようなことはないかもしれませんが、自分の生活に影響力を持つ人の意向を拒否した場合、大きな犠牲を払うこともあるでしょう。

〈圧倒的な力で支配する誰か〉に無理を強制された時、孤立無援なら、死にたいとさえ思うかもしれません。おとぎ話の中では、主人公はそのような苦しい立場に陥っても死を選びません。ですが、死にたとえてもいいほどの痛みを選んでしまうことがあります。

おとぎ話で主人公が窮地を脱する方法のひとつに、自らの身体の一部を切り落とすという衝撃的なやり方があります。この前に扱ったロシアの民話『腕のない娘』では、主人公の兄が妹の腕を切り落とし追放しました。これとは対照的に、次に紹介する中世フランスの物語『自分の手を切った王女』では、主人公は自ら左手を切り落とします。皆さんは、主人公の行動を「苦しみに立ち向かう〈たとえ〉」として読んでくださいね。

図 3-2　城を追い出された娘は赤ん坊を背負って放浪する。「手なし娘」、『グリムのおとぎ話』より、ゴードン・ブラウンによる挿絵(1894)

それほどまでして主人公が避けたかったのは、父王との結婚です。ロシアの物語では漠然としていた家族内における問題、限度を超えた血縁者同士の関係性の問題が、このバリエーションでは明示されています。

『自分の手を切った王女』は十三世紀の作品で、作者はフィリップ・ド・レミ（一二〇五／一二一〇—六五）です。物語の写本は一冊しか残っていません。古フランス語の原作は韻文で八五九〇行もあり、口頭伝承だった民話に比べると大変長いです。

（物　語）

ハンガリー王妃は臨終の床で、自分の死後は再婚しないでほしいと王に頼みます。とはいえ跡継ぎになる息子がいないため、再婚するなら自分に似た人にしてほしいと言い、王はそれを約束しました。王との間には王女のジョイが残されました。

王はしばらくひとりでいるのですが、側近たちの強い勧めに従って再婚相手を探し始めます。しかし、美しく徳も高かった亡き妃に似た人は見つかりません。十六歳になった娘のジョイが亡き王妃にそっくりなので、側近たちはジョイとの再婚を提案します。王は、はじめそれを否定するのですが、しばらくしてすっかりその気になります。

父王の意向を拒否できない窮地に追い込まれたジョイは、自分の左手を刃物で切り落として王妃にはふさわしくない身体になり、父親と結婚するという罪を避けようとします。これに激怒した父王はジョイを火刑にするよう命じます。しかし、執事と看守が協力して彼女を海へ流しました。

帆も舵もない舟はジョイを乗せたまま流され、九日目にスコットランドに漂着します。スコットランドの若い王は、彼女に恋をしました。過去を語らないジョイは、「マネキン」(身体に障害を負った人、の意味)という仮の名で呼ばれ、二人は結婚しました。

マネキン(ジョイ)が最初の子を妊娠中に、夫の王は馬上試合のためにフランスへ遠征し、彼女は夫が留守のまま男子を出産します。二人の結婚を快く思っていなかった皇太后(王の母、主人公の義母)は、怪物が生まれたと偽りの手紙をフランスへ出しました。王は、自分が帰るまで妻と赤ん坊を守ってほしいと返事を書くのですが、皇太后の奸計で「すぐに二人を焼き殺せ」という偽の手紙にすり替えられます。

マネキンと赤ん坊を哀れんだ家臣が二人を海に流し、十二日後、母親と赤ん坊を乗せた舟はローマへ漂着します。善良な漁師に救われ、信仰の篤い元老に保護されました。一方、スコットランドに帰国して何が起こったかを知った王は、自分の母を塔に閉じ込め、妻を探しに十人の家臣を連れて旅立ちます。そうして七年が過ぎました。

ローマに着いたスコットランド王は、何も知らないまま、聖木曜日(復活祭直前の木曜日)の晩に土地の名士である元老の家に泊まります。スコットランド王が来ると知ったマネキン(ジョイ)は、世話になっている元老に自分の秘密を物語ります。その家にいた少年(ジョイと王の息子)が、客として迎えられた王(少年の父)に挨拶するとき、かつて王が妃に贈った指輪を持っていたので真実が明らかとなり、三人が喜びの再会をします。

一方、ハンガリー王が告解と赦しを求めてローマへ来ていました。聖ポール寺院で父王は罪を明かし、寺院に来ていた娘はその語りから父に気づき、自分が娘のジョイだと申し出て父娘が再会します。この時はじめてスコットランド王は、妻が王女であったことを知りました。それからスコットランド王が、スコットランドに流れ着いてからのジョイ(マネキン)に何があったかを物語ります。

法皇が、手のないジョイの左腕を取ると、天から声が聞こえ、彼女の切り落とした手が泉にあるとわかります。聖母マリアが、チョウザメの腹の中に手を保管しておいてくれたのでした。法皇は魚の中から切断された手を取り出し、ジョイの左腕に付けました。こうして奇跡が起こり、ジョイはもとの姿に戻ります。彼女がハンガリーを追われてから、九年の月日が経っていました。

父王はジョイに自分の領地であるハンガリーとジョイの母の領地であったアルメニアを譲り、ジョイと夫はスコットランドの領地にこれを加えて治め、息子を含めた王家は見事に栄えました。

◇◇◇◇◇◇◇◇◇◇◇◇◇◇◇◇◇◇◇◇◇◇

❖弱者・被害者の視点

『自分の手を切った王女』の物語は「ロマンス」という物語文学ジャンルに属し、原題を直訳すると『身体に障害を負った人の物語』です。「ロマンス」とは古フランス語で〈人々の話し言葉〉を意味する単語で、そこから、当時の文書語であったラテン語ではなく、〈人々の話し言葉を使って書かれた物語〉を指すようになりました。現代では恋愛そのものを「ロマンス」といいますが、これは、ロマンスの多くが騎士と貴婦人の恋愛を扱う物語だったところから、語義が拡大変化したものです。

民衆語を基本にして書かれたり語られたりした物語は、弱者・被害者の視点を持っているのが特徴です。権威のない人々の言葉だからなのでしょう。ラテン語で記された神話や英雄譚、聖人伝が、神や超人の行動と判断を語るのに対し、民衆の伝承物語やそれを基礎にしたおとぎ話は、立場の弱さと圧力の被害に苦しむ人間が幸せにたどり着くまでを扱います。幸せになる人間に必要な条件と、人間を幸せに導く世界の仕組みを見せようとしています。

心理学用語の「エディプス・コンプレックス」のもとになった、ギリシアのエディプス王の神話にみられるように、神話や伝説は、意識的あるいは無意識的な、家族内の性愛関係とそれにまつわる人間の苦悩をひんぱんに語ります。一方でおとぎ話は、理不尽な要求を強制された弱者を主人公としています。主人公に困難をもたらすのは運命や神の気まぐれなどではなく、現実に存在しうる人間です。

❖傷の痛みが表すもの

それではこの物語において、主人公が自ら手を切り落とす展開は何を意味するのでしょうか。ジョイは、父が結婚を発表する日に部屋を抜け出し、誰もいない厨房へ行きます。そこに大きな肉切り包丁を見つけて、自分の手を切って川に流すことを考えつきます。激しい恐怖に駆られながら、彼女は次のようにつぶやきます。

「私が手を切り落としてしまえば、もうお父様は私をかわいいなどとは思わない。私がお父様の邪魔をするためにそうしたとわかるでしょう。ああ、私はなんて不幸なのかしら。お父様は私を磔刑(たっけい)にして火あぶりにする、それ以外の仕返しはあり得ない」。

ジョイは聖母マリアに救いを求めて祈り、切り落とした手は川に落ちて流れ、魚に飲み込まれます。彼女は、父親に身体と精神とを傷つけられるのを恐れ、また神に禁じられた行為によって罪を犯すことを避けるために、神の救いを信じて自らを傷つける方法を選びました。

現実にも、同様の方法で抗議の意思を示した人々は過去にいたと思われます。この辛(つら)い選択で物語がリアルに表現しているのは、父王が彼女に迫った要求がもたらす苦しみの激しさです。物語の作者は、ジョイの感じた恐怖を具体的な傷の痛みとして見せ、自分の一部であった父を自ら捨てる覚悟の厳しさを描いています。

とはいえ、この本を読んでいる皆さんは、物語と現実を混同してはいけません。もし私たちが非常な苦痛と恐怖を強(し)いられる状況に陥ってしまったら、私たちは自分の身体を傷つけて訴えることなどは決してせず、非暴力的な最善の方法でその状況から脱出する道を探(さぐ)りましょう。物語は現実の優れた比喩で、私たちに状況の整理の仕方を教えてくれますが、具体的な方策を示すものではないのです。

❖ヒロインの美の変化

ジョイは安全な場所から二度追放され、そのたびに海へ流されます。帆も舵もない舟とは、神に運命を任された舟でしょう。

海にヒロインが捨てられる話は、宗教説話にみられます。中世イギリスの作家、ジェフリー・チョーサー（一三四一頃―一四〇〇）の『カンタベリー物語』にある「弁護士の話」では、コンスタンスという名のヒロインが、シリアの君主に嫁いで夫王をキリスト教に改宗させたので、義母に憎まれ海へ流されます。日本の庶民が好んだ語り物の説経節『小栗判官』でも、照手姫が牢輿に閉じ込められて相模川河口から海へ流されます。照手姫は千手観音に守られて浜へ漂着し、漁師に助けられます。

いずれの物語でも、ヒロインは浜に上がった時かつての高貴な身分を失っています。ですが一方で、自分の生き方や信仰について強い意志を固めているのが特徴です。恵まれた環境にあった時に人々から賞賛された彼女たちの美しさは、漂浪後には見かけの美しさから性質を変え、精神的な強さと美徳に裏打ちされた、自立した人間としての美に変化していきます。『自分の手を切った王女』のジョイの場合、二段階の追放を経て自分を確立します。まずジョイが十六歳の少女であった時、父王は彼女をトロイア戦争の原因となったギリシア神話の美女ヘレネーにたとえて、大人の女としての身体美を褒め称えました。これに抗してジョイが自分の身体をわざと傷つけたため、火刑を宣言され、祖国から追放されます。

次は、結婚したスコットランドからの追放です。浜辺に漂着したジョイを助けたスコットランド王が、彼女の優美さに魅了されて王妃とした後、夫王の留守中に義母(皇太后)がジョイを二度目の流浪に追い込みます。しかも今度は、赤ん坊を連れて。二回の追放は、いずれも彼女の身体美に対する称賛あっての結果でした。

しかし、彼女が幸せになる時には、彼女は優れた人格への称賛を得ています。ローマにたどり着いたジョイは、徳の篤い元老の家に置いてもらいながら、身体に障害を負い、父親がわからない子供がいるシングルマザーとして過ごします。彼女は、言動の正しさで人々の信頼を得つつ、息子を守り育てました。その強さゆえに神の奇跡は起こり、身体の傷は回復しました。物語の最後には人間関係も修復され、彼女は王妃の位に戻ります。

結末近くで語り手は次のように、主人公の人徳を褒め称えています。「誉れあるジョイ王妃は大いに祝され、大いに愛され尊敬され、たいへん豪華な王冠を戴いた」と。苦難を生き抜いた末に国民の愛と尊敬を勝ち得た彼女こそ、中世のヨーロッパ人が思い描いた完全な美のシンボルなのでしょう。

❖誰を悪役にして抹殺するのか

おとぎ話には主人公の人生を邪魔する悪役がいます。『腕のない娘』系列の物語では、主人公の幸福を望まないもう一人の女性が悪役を割り当てられています。物語の設定をよく見ると、悪役の女性には主人公を妨害したい何らかの理由があり、語り手は女性同士を対立させることで、主人公に苦難をもたらした真の原因から目を逸らすように創作しています。

真の原因とは、力を持つ者から立場の弱い者への理不尽な接近や圧力です。女性同士が対立するシナリオは、受け入れ難い要求を力で押し付けてくる権力者（王や家長など）の行為が悪であるとは表現できないので、工夫した結果だと想像できます。権力者は、フィクションの中でさえ語りを制限するほどの権力を持っているのです。たとえば『自分の手を切った王女』では、自分の娘と結婚したい父王の誤った判断がすべてのトラブルのはじまりでした。ですが、父王は悔い改めて神に赦される人の例として描かれます。偽の手紙を送った夫の母親の罪は、彼女の幽閉という暴力的な方法で裁かれるのに対し、父王の計画は未遂に終わったこともあって、人間の浅はかさの表れとして提示され、むしろ同情と感動を呼ぶように物語られます。この扱いの落差は大きいと思います。

こう見てくると、おとぎ話で悪役を振られる人間もまた、社会の弱者（差別される側）だとわかります。物語の語り手だった人の多くは、自らも種々の権威に怯えながら生きていました。苦難を被る主人公ばかりでなく、悪役の登場人物にも語り手たちは共感し、フィクション内で思いきり悪事をさせて語りを楽しんでいたのかもしれません。

第2章の最後で少しだけ触れた悪役令嬢もののキャラクターが、型破りにカッコよかったりパワフルだったりするのも、私たちが昔の語り手と同じ意識を少し共有しているためでしょうか。

9『カルカヨナ姫の物語』――おとぎ話の中の奇跡と宗教

「お父様！　たとえ両手を切られ火で焼かれても、私は、私の主であるアッラーにお仕えするのをやめません」

「ナチラブ王の娘カルカヨナ姫と鳩の物語」、ギジェンロブレス『モリスコの伝説』第一巻（一八八五）より

❖宗教の弾圧を語る物語

『腕のない娘』系列の物語は、身体的な暴力・搾取（さくしゅ）だけでなく、〈宗教や文化を奪われる痛み〉の比喩としても展開し、自由を願う夢が盛り込まれました。第３章の最後では、自分の信仰を禁じられながらも、物語を通して文化と共同体とを守り伝えた人々のバージョンをご紹介します。

現在のスペインがあるイベリア半島は、八世紀にムスリム政権の支配下となりました。イスラーム教国は繁栄の時期を経た後に衰退し、十五世紀末にはイスラーム教徒が土地から追放されました。他方、キリスト教に改宗し土地に留まった人々もあり、これらの人はモリスコと呼ばれ、差別や迫害を受けました。モリスコの中には、潜伏ムスリム・ムスリマとして秘密裡にイスラーム教の信仰と文化を守った人々がいました。

モリスコは自分たちの伝承や物語を独自の方法で記録、伝承しました。彼らは、家の床や壁を二重にしたり柱に空洞を作って、文書を隠したそうです。魔法物語や料理のレシピ、真理を伝える言葉、モリスコの迫害を年代順に追える文献などが含まれていました。これら文書の中に、『カルカヨナ姫の物語』があります。

『カルカヨナ姫の物語』でも、父王は娘のカルカヨナに不適切な関係を迫りますが、彼女に拒否されてすぐ反省します。

図 3-3　モリスコ伝承を研究したメアリ・ペリーの本『手のない娘』表紙(Princeton University Press, 2010)

この物語ではそれに代わり、イスラーム教の信仰を禁じられた人々が受けた暴力と苦痛を、両腕を切り落とす行為によって表しています。

（物　語）

昔々のインドにあった国の王様には美しい娘がいて、お妃はこの姫を産むときに亡くなっていました。カルカヨナ姫が成長すると父王は彼女に不適切な関係を迫りますが、娘に諭(さと)されて自分を恥じました。

ある日、カルカヨナ姫が美しく飾られた神の像を拝んでいると、金色の鳩(はと)が来て、最上の神はアッラーである(だから、別の神を信じて像を拝んではいけない)と言います。アッラーを像にかたどって敬(うやま)うことは禁じられているのです。アッラーへの信仰を鳩から学んだカルカヨナ姫が父王にこれを伝え、姫はアッラーだけを敬うと言うと、父王は激怒します。そして彼女は両手を切られ森に捨てられてしまいます。

その森にアンティオキアの王が狩りに来て、雌鹿(めじか)に導かれてカルカヨナを見つけ、恋に落ちます。彼はイスラーム教に改宗して二人は結婚し、雌鹿を連れて王の国に帰ります。カルカヨナは妊娠し、夫の遠征中に男の子を産みますが、国民の一人である女性が王を装って偽の手紙を書き、それがカルカヨナの夫である若き王の母(皇太后)に届きます。

偽の手紙には、カルカヨナが国中の人々を惑わせ法が変えられてしまったと責める言葉と、生まれた男の子は王の子供ではないと書いてあり、母子ともに城から追放するようにとの命令でした。カルカヨナの義母(皇太后)は仕方なく、母子と雌鹿を野に捨てました。

再度追放されたカルカヨナは、アッラーに祈ります。すると金色の鳩が再び現れ、彼女と息子と雌鹿をアッラーは見捨てないことを告げられ、眠って目覚めると彼女の両手が回復します。

一方、帰国した王はすべてを知って悲しみ、妻のカルカヨナを探しに旅に出ます。アッラーの導きのもとで彼女を見つけますが、カルカヨナは帰国を断ります。彼女の追放を命じたのが王でなかったとしても、国にはアッラーを敬わず王を改宗させたカルカヨナを快く思わない人々がいるからです。

そこで二人は、ユーフラテス川のほとりに新しく都市を作り、そこに住むことにしました。カルカヨナ市と名付けられたその土地で、二人はアッラーの教えを広めました。

❖悪役不在の物語

『カルカヨナ姫の物語』は、アンティオキア王とカルカヨナ姫の恋物語であるよりは、宗教寓話(ぐうわ)(たとえ話)ないしは宗教説話です。切り落とされたカルカヨナの手は、禁じられた信仰のたとえでしょう。二度目に追放された時、彼女は再び試され、信仰の強さが証明されて、その手が元に戻りました。

語り手がこの物語で実現したいのは、〈自分の信仰に基づいた自由な国〉です。イベリア半島でのキリスト教支配によって断ち切られたイスラーム教文化と信仰の回復、迫害や差別からの解放というモリスコの夢が、物語に表現されています。それと同時に、悪役の懲罰(ちょうばつ)や財産の増加などは物語の中心から外れるか、抜け落ちています。

悪役に関心が薄いのは、この物語の興味深い特徴です。偽(にせ)の手紙を書いたのは主人公の夫である王が治める国の民(たみ)で、国民全体を表す人であると思われます。手紙は、カルカヨナが王を改宗させて、国のあり方を変えるきっかけを作ったと責めています。

物語の語り手は、カルカヨナに苦難を強(し)いたのは彼女と異なる信仰を持つ国全体だと思っています。彼女を危険にさらした者を懲(こ)らしめるという政治的な選択肢は、語り手のモリスコにはなかったようです。この物語では、敵や悪役がはっきりしないまま、懲らしめられる人もなく、カルカヨナは別の地へ逃れて夫と新しい国を作ります。

モリスコの人々は、信仰を否定される痛みと苦しみをよく知っていました。他の宗教を信じる人々（物語では、若き王の国の人々）にとってもそれは同じはずで、国ごと改宗するのがいかに厳しいことかをわかっていたのでしょう。

カルカヨナは、最後は、帰国を促す夫の申し出を断るほどの意志を持ち、新しい国を作るという大きな仕事に赴きます。彼女が最後に示す毅然とした強さは威厳に満ちており、この物語が民話のおとぎ話を借りた宗教説話であることを示しています。

❖歴史のたとえ話

『カルカヨナ姫の物語』は、七世紀初頭に預言者ムハンマドがマッカからマディーナへ信徒と共に移住した聖遷（ヒジュラ）をたとえた話でもあると思われます。その場合、アッラーの教えに基づいた国を新たな土地に作ろうと言ったカルカヨナは預言者ムハンマドを、移動の提案に従った夫の王はイスラーム教の信者たちを指しているのでしょう。宗教の歴史が語り込まれることさえあるなんて、おとぎ話とは、なんと優れた語りの器なのでしょうね。

ところで、森でカルカヨナを見つける若き王は、雌鹿に導かれていますね。おとぎ話での雌鹿は、しばしば高貴な精神の化身（けしん）として現れ、導き手の役目を果たします。そういえば、狩猟の女神アルテミス（ディアナ／ダイアナ）の聖獣は雌鹿ですね。クリストフ・ガンズ監督による実写版フランス映画『美女と野獣』（二〇一四）でも、雌鹿は森の王女（森の精）の化身です。ヒロインであるベルの夢に現れて野獣の秘密を教え、状況を救いの方向へ導きます。

❖何が奇跡を起こすのか

『腕のない娘』物語の系列で、手が元に戻らないバージョンは一つもありません。ということは、物語は、奇跡を起こすために何が必要かを私たちに教えているはずです。それぞれの物語で、奇跡はどのように起こっていたでしょうか。振り返ってみましょう。

ロシアの『腕のない娘』では、森をさまよう娘がのどが渇いて井戸にかがみ込み、胸にくくりつけていた赤ちゃんを落としてしまう場面でしたね。老人が現れ、ない腕を伸ばして赤ちゃんを拾い上げよと助言します。老人は神の声を伝える人だと思われます。娘はずっと無力で受け身でしたが、この時はじめて強い望みを抱いて行動し、奇跡が起こります。

日本の昔話にも『手なし娘』があり、『腕のない娘』で描かれている兄妹の関係性をほのめかす部分が継子いじめに置きかえられている他は、ロシアの物語に似ています。奇跡の部分は、娘がかがんで水を飲もうとしたら背負っていた子供が落ちそうになり、失った手で押さえようとした時に手が生えていたとなっています。日本の物語では、主人公の強い母性と愛情が奇跡を起こします。

フランスのロマンス『自分の手を切った王女』では、手を失った理由が、主人公が聖母マリアを信じて自分の身の潔癖を守る(父の求婚を断った)ためだったので、聖母マリアがその手を最後に返してくれました。手の回復は主人公の正しさの証明です。どんな困難にも負けず信仰を守って生きる人に奇跡は起こると、表現しています。

モリスコの『カルカヨナ姫の物語』では、二度目に追放されてアッラーに訴えかけた時、金色の鳩が現れて保護を約束し、眠って目覚めてみたら手が元に戻っていました。ここでも、主人公の強い信仰心が奇跡を呼んでいます。

以上のように見てくると、傷を癒やし幸福をもたらす奇跡は、信仰の篤い人に起こるとわかります。信仰する宗教がキリスト教であろうとイスラーム教であろうと、教えを信じて現実の苦難に屈さずに正しい判断をするのが幸福への道であると、物語は教えているようです。

　宗教性が強く出ない日本の物語の場合、母性が信仰を代用します。日本人が、母の愛を神聖化してきたことがわかります。なお日本のバリエーションでは、弘法大師や観音菩薩(かんのんぼさつ)などが、しばしば主人公の奇跡的運命に関わると指摘されています。

　神の奇跡は、他のすべての魔法と一緒に考えるわけにはいきませんが、おとぎ話で魔法が起こる時に、主人公は物語の基盤となる共同体が〈人間はこうあるべきだ〉と考える行動をとっています。逆にいうと、主人公の行動次第(しだい)で奇跡や救いの魔法は起こるというのが、おとぎ話なのです。

❖グリムの『手なし娘』――書き直される物語と暴力

　ここまでに見てきたように、身体を害する暴力や自然死を期待した追放という深刻な問題を、口承の物語は扱いました。その物語を後世の人が文字で記す場合、人間の暴力をどの程度残してどう語り直すかというところに、再話者の考え方や時代の倫理観が現れます。

グリム童話『手なし娘』では、金に困った貧しい父親が娘を悪魔に渡す約束をしてしまいます。悪魔は娘を連れていこうとしますが、娘の涙で手が清められ娘に悪魔が近寄れないため、悪魔は父親に命じて自分の代わりに娘の手を切らせます。それでも、娘が手のない腕を顔に当てて涙を流したので、その涙に身を清められた娘に悪魔は依然(いぜん)として近づくことができませんでした。

娘はその後、悪魔のものになることを拒(こば)み続けて自ら家を出ていきます。父親に従順で両手を切られることにさえ抗議しなかった娘が、父の勧めに抗(あらが)って死を覚悟で家を出ていくのは、やや説得力を欠く展開です。

グリム兄弟が、収集した民話を子供の読み物として出版する際に、彼らの判断によって書き直したことは、多くの研究が明らかにするところです。そうした研究によれば、グリム兄弟が収集したもともとの『手なし娘』の類話の中で、つじつまが合う物語の形が優れたものでは、なんと悪魔は登場せず、娘に不適切な関係を迫り悪魔的な暴力をふるうのは、父親だということです。しかしグリムの最終的なバージョンでは、身近な人間による暴力が悪魔の仕業(しわざ)に置き換えられ、天使が幾度(いくど)か主人公を助けます。そのためグリム童話の『手なし娘』

では、人は現実世界の不合理（残酷な人間のなす暴力など）にどう向き合うのかというテーマが見えにくいのです。

一方で、口承の物語を子供たちに読み聞かせる話として出版するという目的を考えると、このような口承民話に含まれる、実に生々しく粗暴な部分はどうすればよかったのか、私には明確な答えがありません。書き変えや削除をしたグリム兄弟のやり方にも、理解できるところは確かにあります。

おとぎ話のモヤモヤ Q&A 4

つじつまが合わなかったり途中で話がずれるのはなぜ?

おとぎ話は口承されてきたので、語り手の気分や聞き手の様子に合わせ、細部がいろいろに変化してきました。口承を文字で保存した記録バージョンでは、少し長い話になると途中で兄弟姉妹の数が変わったり、言い忘れていた部分が後から足されたりします。私たちのおしゃべりが必ずしも理路整然としないのと同じです。

語り手と同席して物語を声で聞いていた人々は、私たちが友人のおしゃべりを聞いているのと同じように、話のつじつまが合わなくても語り手の言わんとするところが飲み込めたので、話を楽しめたのでしょう。それを今私たちが文字で読むと、あれおかしいなぁという気になります。

あなたはどうぞ、おとぎ話のそんな緩(ゆる)さを許してあげてくださいね。おとぎ話は、語り手と聞き手の両方で作り上げる想像の世界なのですから、あなたの想像力で語りのブレを補ってあげると、楽しみも増すと思います。

第4章

開けてはいけない部屋

青ひげ公の花嫁たち

開けてはいけない箱、行ってはいけない道、食べてはいけないお菓子、入ってはいけない部屋など、おとぎ話にはタブーがつきものです。

でも主人公は秘密を知りたくて、禁止されている決まりを破ります。そこから主人公の運命は展開し、怖い思いもしますが、物語の最初とは全く違った人生のステージへたどり着きます。

好奇心は人を向上させる原動力であるとともに、危険を招く原因ともなります。また好奇心旺盛（おうせい）な人は学習能力が高いことが多いので、権力者には疎（うと）まれがちです。深く物事を詮索（せんさく）せず言われたことを黙々（もくもく）とする人のほうが、権力者にとっては都合がいいからです。

昔、家庭の権力者は男性でした。婚約者や夫の秘密を知りたがる女性を、おとぎ話はどう描いたか。「開けてはいけない秘密の部屋」をテーマにしたお話を読んでみましょう。

10 『ミスター・フォックス』——知る恐怖にどう立ち向かうか

大胆(だいたん)であれ、大胆であれ、しかし大胆すぎてはいけない
さもなくば、血が凍(こお)る

「ミスター・フォックス」、ジョセフ・ジェイコブズ編『イギリスおとぎ話』(一八九〇)より

❖女性の好奇心がトラブルを招く?

何かを知りたいと強く願った女性が、危険な目にあったり、トラブルを招く物語は少なくありません。最も有名なのが、ギリシア神話の『キューピッドとプシケー』(第2章参照)と、この章で紹介するフランスの物語『青ひげ』やそのバリエーション作品です。『青ひげ』では、主人公が金持ちの男性と婚約あるいは結婚した後に、小部屋に閉じ込められた女性たちの死体を見つけてしまいます。

図 4-1　メアリーは、切り取られた手首をミスター・フォックスに見せる。『イギリスおとぎ話』の挿絵

この話とそのバリエーションの違いを楽しむために、大事な着眼点は、作品が女性の好奇心をどう表現しているかです。物語の中で、男性の好奇心は概して寛容に扱われ「冒険心」として奨励されさえします。これに対して、女性の好奇心はトラブルを招く元として抑圧されることが多く、好奇心に任せて行動する女性は罰を受け、痛い思いをします。

人間の好奇心に対するジェンダーバイアス(性別による扱いの違い、差別)は、現実の社会でも見受けられます。しかしそれは、時代を経て徐々に変化していることを、皆さんはご存知ですね。現代では、冒険心のある女性がそれだけの理由で強く警戒される例は少なくなりました。

そういえば、宮﨑駿監督は好奇心旺盛な少女が大好きですよね。ナウシカからヒミ(『君たちはどう生きるか』)までずっと、未知の世界と交流するヒロインを描いています。

おとぎ話の中でも、好奇心についての考え方や扱いは語り手が属する社会と時代によって差があります。違いは、〈主人公がトラブル解決にどう主体性を持つか〉と、〈何を幸福としてハッピーエンドにまとまるか〉に表れます。『青ひげ』系列の話にあるのは、大まかに分けて、次の三タイプです。

①【好奇心＝勇気型】　主人公は自分の力で危険を切り抜け、援助を得て相手を殺す。遺産に言及なし。伝承物語『ミスター・フォックス』

②【教育型】　援助を得て危険を切り抜け相手を殺し、遺産を確保し、別の金持ちと結婚。好奇心に駆られて行動するなという教訓付き。十七世紀末シャルル・ペロー作『青ひげ』

③【自己改革型】　援助を得て危険を切り抜け相手を殺し、トラブルを共有した男性と結婚。遺産は手放す。二十世紀後半アンジェラ・カーター作『血だらけの部屋』

それでは、この三タイプを順番に見ていきましょう。

❖死人の手首を持ち帰る話

『ミスター・フォックス』は、イギリスの伝承物語です。ジョセフ・ジェイコブズが一八九〇年に出版した民話集で初めて活字になりました。主人公はとっさの判断で、切り取られた死人の手首を持ち帰り、それを証拠にして連続殺人犯の罪を暴（あば）きます。

（物語）

レディ・メアリーは貴族の娘です。美しく、求婚者は数（かず）あまたでした。兄弟が二人いました。そこへ現れたのが、フォックス氏です。勇敢（ゆうかん）で堂々としている上に、大金持ちでした。メアリーは彼しか目に入らなくなって、結婚の約束をしました。

ところが、二人が住むはずの城のことをメアリーが尋（たず）ねても、フォックス氏は見せてあげようと言いません。ついにメアリーは、彼が城を留守にすると言っていた日に、兄弟たちにも告げず一人で出かけていきました。

メアリーがフォックス氏の城に着くと、門のところに「大胆であれ、大胆であれ」と書いてあります。門をくぐって建物の扉まで行くと、「大胆であれ、大胆であれ、しかし大胆すぎてはいけない」と書いてあります。玄関扉を開け大きなホールに入り広い階段を上ると、部屋の入口の上に「大胆であれ、大胆であれ、しかし大胆すぎてはいけない。さもなくば、血が凍る」とあります。

メアリーはその部屋を開けます。中には、血だらけの若い女性の死体や骸骨(がいこつ)がたくさん閉じ込めてありました。

恐怖に駆られたメアリーは急いで逃げようとしますが、ちょうど階段をおり切ったときに、フォックス氏が門を抜けて帰ってくるのが見えました。彼女は、大きな箱の後ろに危うく身を隠します。そこへ、フォックス氏が気絶した若い女性を引きずりながら城の建物へ入ってきました。彼は、その女性の指に光っているダイヤモンドの指輪を外そうとしますが、うまく抜けないので剣を振り上げ、指輪のついた手を切り落とします。

その手が、身を潜(ひそ)めているメアリーの膝(ひざ)の上にポンと飛んできました。フォックス氏は手がどこにいったのかわからず、見つけられないまま、女性を引きずって階段を上りました。その隙(すき)にメアリーは城から逃げ出します。

翌日、メアリーとフォックス氏の結婚を祝う食事の席で、メアリーは「悪い夢を見た」と話し始めます。彼女が、門のところで「大胆であれ、大胆であれ」というサインを見たところから順番に、あったことを「夢」として話します。

ひとつ話が進むたびにフォックス氏は「それはない、そうではなかった」と否定し、若い女性を引きずって城に入ってきた場面も強く否定しました。メアリーは「夢」の話を続け、ダイヤの指輪がついた女性の手をあなたは切り落としたと言います。

フォックス氏が、またしても強く否定しながら立ち上がろうとしました。その時メアリーは前日に城から持ち帰ってきた切り取られた手を見せて、「そうです、そうでした、これがその手です」と叫びます。その瞬間、二人の兄弟と同席の友人たちが、フォックス氏を切り刻んでしまいました。

❖好奇心が人を動かす

メアリーを動かしているのは、「わからないことを知りたい」という好奇心でした。フォックス氏はお金持ちですが素性（すじょう）がわかりません。そこで彼女は、誰にも言わずに彼を探（さぐ）り始めたのでした。女性の好奇心と結婚には、どんな関係があるのでしょう。

伝承物語の『ミスター・フォックス』は、類話の中でも内容や結末が単純です。主人公は機転と知恵で窮地を脱出します。語り手は彼女を勇気ある人物として描き、フォックス氏の留守に城に潜入したことを責めません。彼女はうまく逃げてフォックス氏の殺人行為を暴き、兄弟らの助けで彼を殺しました。まるで、悪い動物を退治するかのように。

読者の皆さんはこの物語の展開をどう思いますか。疑問がいくつか湧くのではないでしょうか。

❖殺された女性たちとフォックス氏の正体

まず、フォックス氏に引きずられてきた女性は誰か。ダイヤの指輪があるのでもうおわかりでしょう、彼の花嫁です。そして秘密の部屋に閉じ込められていた死体は、フォックス氏が結婚して殺した女性たちです。メアリーは次の犠牲者になるはずでした。

彼がなぜ連続して花嫁を殺したのかといえば、おそらく彼女たちが彼の恐ろしい秘密を知ったからです。でも、最初の殺人の理由はわかりません。フォックス氏については、いろいろなことがわからないのです。

語り手が伝えるのは、結婚には大きなリスクが伴うという情報です。メアリーが、フォックス氏の堂々とした風采のみならず莫大な財産に惹きつけられたのは明らかです。女性は男性の収入に頼って生活する仕組みだった時代、お金は結婚条件の大事な要素でした。しかし大金は怖い秘密をはらむこともあるよと、物語は警告しています。

　語り手は、自然を使ったたとえで現実世界にある危険を知らせています。フォックスとは英語でキツネのことですよね。フォックス氏が気絶した女性を引きずってくる場面は、キツネが獲物を巣穴に引きずってくる様子を連想させます。死体が隠してある部屋も、獣が獲物を隠している巣穴とイメージが重なります。

　フォックス氏は、人間の動物的な側面を表しています。彼が妻とした女性を次々に殺したのは、人間の理性では理解できない行為です。

❖なぜ「夢」として実際の経験を語るのか

　さて、メアリーはなぜ自分の経験を「夢」として話したのでしょう。犯罪者に自分の悪事を認めさせるのはたいへん難しいことです。正面から責めれば否定されますし、秘密がバレたとわかれば殺される可能性が高い。メアリーの場合、主人が留守の城に忍び込んだわけで、それについては彼女にも責められるべき点があります。

一方、メアリーが「夢」の話をしている時にもし彼が動揺すれば、罪がはっきりします。だからフォックス氏は否定しながらずっと冷静を装っていました。でも、話が手を切り落とす場面までできた時、彼が立ち上がろうとしたので、メアリーは切り落とされた手を証拠として見せます。兄たちはフォックス氏を罰する正当な理由と証拠を得て、瞬時に彼を殺します。

伝承物語には、語り手が物語った筋書き(主人公の経験)を、主人公自身が第三者のいる場所でもう一度語り直すことがあるのでしたね。話を耳で聞いている人たちは、それによって物語を二度楽しむことができるし、筋書きもよく頭に入ります。また主人公による語り直しは、彼女の経験を公に認めさせる手段でした。

これまでの章でも説明しましたが、もう一度まとめてみましょう。

①語り手が主人公の経験を述べる(一回目の語り) ↓ 事件は聞き手だけが知っている。その経験は他の登場人物には認識されず、外面的には何もなかったに等しい。

②主人公が自分の経験を他の登場人物たちに物語る(二回目の語り)→他の登場人物たちと経験が共有され、事実と認められる。主人公の経験が社会性を持つ。

右のプロセスは、現実にも当てはまります。あなたの昨日の経験は、最初あなた以外の人にとっては無です。あなたがそれを誰かに物語り、その誰かがあなたの経験だと認めてくれた時、初めて事実として通用する最初の資格を得ます。自分を認めてほしい時に、私たちが一生懸命自分のことをしゃべるのはそのためです。

哲学者の西田幾多郎(にしだきたろう)(一八七〇―一九四五)は、「個人あって経験あるにあらず、経験あって個人あるのである」と述べています(『善の研究』)。どう経験するかが人を作り、それを他人と言葉で共有すると社会の一員としての個人が成立し、受け入れられる。

『ミスター・フォックス』の伝承おとぎ話は、メアリーに関して、経験を自分で語って独(ひと)り立(だ)ちするプロセスを描いているとも考えられます。

❖事件の後でなぜ結婚したか

それにしても、メアリーはフォックス氏が恐ろしい人だとわかった翌日に結婚のテーブルにつきました。なぜでしょう。『ミスター・フォックス』の物語では答えは不明です。昔の人にとって、結婚の大事な目的のひとつは経済的な向上でした。ですから、最初にメアリーがフォックス氏の財産に惹かれて彼を選んだこと自体は、必ずしも失敗ではなかったのです。しかし彼には、素性がわからないという問題がありました。彼女はその問題を結婚前に解決したかったので、一人で城に向かいました。そして核心をつかみ、なんとか無事に帰宅します。

結婚を祝うはずの席でフォックス氏の悪事が暴かれ、彼は処罰されました。メアリーは短時間ではあっても彼と結婚したので、他に身寄りのない彼の財産は彼女のものになったのではないでしょうか。この章で紹介する残りの二つの物語、作家による伝承物語の作り直し作品では、財産が主人公のものになったことがはっきりと書かれています。

❖フォックス氏の殺され方

さて、フォックス氏は最後にメアリーの兄たちにめった切りにされました。この処罰方法は、彼の罪の重さを表しています。一方、メアリーの兄や友人たちがフォックス氏殺害の罪に問われないのはなぜなのでしょう。

それは、食事の席でフォックス氏の連続殺人が公(おおやけ)に示されたからです。これを証明するために、メアリーは切り落とされた手を持ち帰ったのです。人々はフォックス氏の処刑が正当だと考えて、この話を語り伝えてきました。フォックス氏は重罪なので、形も残さないほど切り刻まれます。悪がこの世に形を残さないように、と。

前の章に続いて、このおとぎ話にも切り取られた手が出てきましたね。昔の語り手たちは、よほど手が好きなのですね。世界には、イスラーム文化圏のハムサのように人の手の形をしたお守りもあります。「手」については、調べるとさらに奥が深そうです。

❖知ることの恐怖と好奇心

『ミスター・フォックス』の物語は、知ることの恐怖をどう乗り越えて幸せをつかむかを教えています。こっそり城へ行ってみるとか、切り落とされた手を持ち帰るとか、メアリーは勇敢(ゆうかん)でした。自分の命を救ったばかりでなく、フォックス氏の罪をみなに知らせ、兄弟や友人の協力を得て悪者退治までしてしまいました。将来の夫の素性と自分の住む家を確かめたいというメアリーの好奇心が彼女を救い、幸せに導きました。このおとぎ話は、未熟だった主人公を励ま(はげ)し、彼女の成功を祝福しています。

11『青ひげ』――好奇心は罪か

その部屋の鍵(かぎ)が血で汚れているのに気づき、二度三度と拭(ふ)いてみたが、
血はどうしてもぬぐい取れないのだった。

「青ひげ」、シャルル・ペロー『昔話と寓意のある物語』(一六九七)より

❖シャルル・ペローの再話『青ひげ』

『青ひげ』は、フランス人の作家シャルル・ペロー(一六二八―一七〇三)による作品で、出版は一六九七年です。グリム童話より百年以上前に出版されています。伝承物語を元にしてペローが再話したとされますが、作品成立の経緯は十分明らかになっていません。血生臭(ちなまぐさ)い内容を含みながらもハッピーエンドになる印象的な作品で、後世に大きな影響を残しました。

シャルル・ペローが再話したおとぎ話で現代でもよく知られているものは、『青ひげ』の

他に『シンデレラ』や『赤ずきん』などがあります。ペロー作品が現代にまで愛されている理由は、一つに、ペロー作品に使用されている印象的なモノとイメージがあげられるでしょう。『青ひげ』では血がにじみ続ける鍵、『シンデレラ』ではガラスの靴、『赤ずきん』では赤い頭巾(ずきん)がそれです。

(物語)

あるところに大金持ちの男がいました。髭(ひげ)が青かったので、女性は怖がって近寄りません。これまで何度も結婚していて、その妻たちの行方(ゆくえ)は誰も知りませんでした。

青ひげの近所には美しい姉妹が住んでいました。青ひげは、姉妹のどちらかと結婚させてほしいと母親に頼み、自分の城のパーティに母親と姉妹を招きました。一週間も続いたパーティがあまりにも素晴らしかったので、妹が青ひげとの結婚に応じました。

結婚して一か月後、青ひげは、急な仕事で少なくとも六週間は屋敷を留守にすると妻に告げ、家族や友達を招いて楽しむようにと言います。彼は、屋敷中の部屋の鍵束(かぎたば)を妻に渡し、どの部屋を開けてもいい、部屋には高価な食器や家具や財宝がしまってあると言いましたが、「下の階の一番奥にある小部屋だけは決して開けてはいけない、開けてしまったら私の怒りは無限だ」と禁じました。

　妻は、部屋を開けるごとに目にする素晴らしい品の数々に目を奪われつつも、奥の小部屋がどうしても気になって仕方ありません。そして、とうとう扉を開けてしまいます。暗さに目が慣れたとき、見えたのは壁に吊るされた何人もの女性の死体です。床は血だらけでした。驚いた妻は鍵を手から落としてしまいます。血の中からその鍵を拾い上げ、何度も拭いてみるのですがどうしても血が取れません。

　その晩、予告もなしに青ひげが帰宅しました。そして、小部屋の鍵が血に汚れているのを見ます。妻は夫の言いつけを守らなかったことを後悔しますがもう遅く、青ひげは彼女に死を宣告します。妻は死ぬ前にお祈りのための時間が欲しいと懇願し、ごくわずかな時間だけ猶予を許されました。

　妻は城に遊びに来ていた姉のアンを呼び、これから彼女らの兄弟が来るはずだから、塔に登って兄弟を見つけ急がせてくれと頼みます。刻々と迫る処刑までの短い時間の中で、ついに兄弟が馬で駆けつけました。兄弟はそれぞれ武器を使いこなす戦士です。あわや青ひげが妻に剣を振り下ろそうとしたその時に、兄弟が青ひげを殺しました。

青ひげには子供や親類がいなかったので、妻が財産をすべて相続しました。彼女はそれをアンと二人の兄弟に分け、残りは自分のものとして、徳の高い立派な男性と再婚しました。それで青ひげのことは、すっかり忘れてしまったということです。

◇◇◇◇◇◇◇◇◇◇◇◇◇◇◇◇◇◇

教訓で消されない勇敢さ

ペローの『青ひげ』には物語の後に教訓がついています。

どれほど心そそられようとも
好奇心は数々の後悔を招くのが常。
そんな実例は毎日無数にお目にかかれる。
ご婦人がたには申訳ないが、浅はかな楽しみ、
味わったとたんに楽しみではなくなり、
いつだってきまって高いものにつく。

（『完訳　ペロー童話集』新倉朗子訳、岩波文庫）

この教訓は、女性は好奇心に駆られて行動する傾向があるとして、それを「浅はか」だと諫めています。十七世紀に示されたこのような枠組みによって、『青ひげ』は、女性の好奇心がトラブルの元となり、惨劇が起こる物語として読まれるようになりました。女性主人公を責めるこの解釈が普及した裏には、十九世紀から二十世紀にかけての欧米の女性観がありま す。好奇心の害が語られ、暴力への批判やその是非は十分に問われないままでした。

しかしよく読むと、ペローの『青ひげ』でも、主人公は『ミスター・フォックス』のメアリーのように、とっさに正しい判断をしています。わずかな祈りの時間を稼ぎ、家族の助力を得て危機を乗り越えましたね。両方の物語に共通している主人公の機転と勇気ある行動が、ハッピーエンドへの鍵です。

『青ひげ』系列の話では、語り手や作家のメッセージがどうあれ、〈青ひげの不気味さ〉と〈主人公のとっさの行動にみる勇敢さ〉が二本の柱です。語り継がれ読み続けられる物語には、変化する時代や社会の価値観に揺れない普遍的な魅力があります。

❖血を流し続ける鍵

ペローの『青ひげ』に出てくる鍵は、相手についてほとんど知らずに嫁(とつ)いでいく女性の心理を表すイメージといえます。結婚は不安と期待を秘めた未知の部屋(未来)への扉でしょう。それを開ける鍵が、知りすぎた彼女を告発し脅(おびや)かす恐怖のアイテムに変わります。湧(わ)き続ける血の色は彼女の止まらぬ後悔と痛みの色です。

図4-2　ギュスターヴ・ドレによる「青ひげ」挿絵(1862)

血に汚れ続ける鍵を、心理学者のブルーノ・ベッテルハイムは、主人公が夫以外の男性とも関係を持った可能性を暗示していると分析しました。女性が夫に不服従だったことばかりでなく不貞(ふてい)も重ねて読む解釈です。私自身は同意しかねる解釈ですが、ベッテルハイムのこの読み方が代表するように、血を流し続ける鍵のイメージは女性の「罪」を暴露(ばくろ)・告発するものとして読者の想像力を刺激し、物語の解釈を飛躍(ひやく)させました。

血に汚れ続けるイメージはシェークスピアの悲劇『マクベス』にもあります。『マクベス』では、マクベスの妻が夫マクベスの野心を煽り、万人に敬愛されていたダンカン王の殺害を提案して実行させます。マクベス夫人はそれにより王妃となりますが、ダンカン王の死後、手が血にまみれて洗っても洗っても取れないと言い、狂っていきます。こうした文学的モチーフは、女性の好奇心や野心が道徳的な罪だという考え方を、感性のレベルで補強してきました。

一方で、伝承物語から確かに読み取れる〈結婚に対する女性の深刻な不安〉や、〈結婚という制度が覆い隠す暴力〉というテーマの掘り下げはどうでしょうか。私としては、『青ひげ』系列のおとぎ話は家父長制度下での結婚が女性に強いた犠牲が主眼だと思うので、伝承物語から生き続けているこれらのテーマにこだわりたいところです。

❖バラージュ・ベーラ『青ひげ公の城』

ここで、好奇心（知りたい心）について〈愛とは何か〉という問題との関係で突き詰めた二十世紀のオペラを紹介しましょう。

ペローのメッセージは、女性の好奇心への警告でした。しかし、人が真実を知りたい、もっと知りたいと思うこと自体は罪ではありません。一方で、秘密を暴(あば)くことには確かに危険が伴います。特に、愛する人や自分にごく身近な人物の秘密に強い関心を抱くのは、自然な心の動きではありますが、関係を壊してしまうことがあります。

二十世紀になると、読者も作者も個人の心理に関心を寄せてものを考えるようになり、『青ひげ』は別の展開を見せました。バルトーク作曲のオペラ『青ひげ公の城』(一九一一完成、一九一八オペラ初演)は、伝承物語から近代的な文学作品への変化を端的(たんてき)に示す作品です。台本は、ハンガリー人のバラージュ・ベーラ(一八八四―一九四九)が書きました。

登場人物は青ひげと妻のユディットの二人だけで、青ひげと呼ばれる男性の過去と孤独を詩的に表現しています。『青ひげ公の城』は、残虐(ざんぎゃく)な青ひげにも感情の歴史があることを示すとともに、婚姻(こんいん)を精神的な結びつきとして設定しています。その結果、この物語はハッピーエンドで閉じることはなく、もはやおとぎ話ではない作品になりました。

主人公ユディットは周囲の反対を押し切って自ら青ひげ公の城へ赴(おもむ)き妻となり、城の扉が閉められます。窓はなく、暗くて寒い城です。壁が濡(ぬ)れ泣いているような冷たい城の石を、彼女は自分の身体で温め、口づけで乾かすと言います。そして、すべてを見せてと夫に懇願します。

城には七つの黒い扉があり、いつも閉まっています。「誰も中を見てはいけない」と青ひげは言うのですが、ユディットは、恐怖におののきながらも鍵を受け取り、部屋を一つずつ開けていきます。青ひげは、ずっと彼女の傍についています。第一の部屋は拷問部屋、第二の部屋は武器庫、第三の部屋は宝物庫、第四の部屋は秘密の花園でした。

第五の扉を開けるとそこは青ひげの領地で、空の雲が血のように赤い。残る二つの扉も、ユディットは開けたがります。第六の扉の向こうは涙の白い湖、第七の扉の中には青ひげが愛した三人の女が、青白い顔をして生きたまま閉じ込められていました。それぞれ〈夜明け〉〈真昼〉〈夕暮れ〉を表す衣装を着けています。

青ひげがユディットに夜会服を掛けダイヤモンドの王冠を被せると、彼女は〈真夜中〉を表す女となり、第七の部屋に入り扉が閉まります。城は再び暗黒になりました。

❖他人の孤独に踏み込む危険

ユディットが他の女性たちと同じく扉の向こうに閉じ込められてしまう点が、この作品の特徴です。ハッピーエンドとはとても言えない終わり方ですね。城が「再び暗黒に」閉ざされたことが、悲劇的な結末をよく表しています。

ユディットは、なぜ幸せになれないのでしょうか。彼女は最初、青ひげを愛しているので彼のことを全部知りたいと言います。恐れやためらいを抱きつつも、そうした自分の自然な反応を無視し、その自分を抑え、「見てはならない」という青ひげの警告にも耳を貸さず、一途(いちず)に彼の孤独な城の扉を開けていきます。

それぞれの部屋には、青ひげという人物の苦しい記憶、悲しみや心の傷が隠されていました。また、苦しみや悲しみを背負うという犠牲を払って獲得した財宝や領地がありました。最後の部屋には、愛した女性、または今でも愛している女性たちが閉じ込められていました。それらを暴露することは「二人のために」ならないと彼は警告するのですが、ユディットにはわかりませんでした。

彼女は無防備に人の孤独に踏み込んだのです。それで幸福に至れなかったのではないでしょうか。青ひげ公の城は彼の人格や内面を象徴しています。それを順番に開示していくユデイットは、最初は恐れ、次は魅せられ、最後には囚われて閉じ込められます。

愛とは何かという問題にこの作品は答えを出していない一方で、無防備に人の精神に立ち入ることの恐ろしさと思い上がりの痛手を描いています。相手を知り尽くしたいという心は、幸福に結びつく愛と同じではないのだと示しています。

『青ひげ公の城』は、オペラに先んじて一九一三年に演劇として初演され、完全な失敗だったそうです。バラージュの日記によれば、失敗の原因は役者たちがこの劇を理解できず、台詞の意味がわかっていなかったことにありました。役者の動きが少なくて台詞が極めて象徴的な精神劇だからでしょう。

当時はまだ、おとぎ話を理解するといえば筋立てを読むことであり、個人の心理の不条理を読み解く習慣や技術がなかったのだと思います。オペラ作品としても、バルトークが民族音楽の要素を用いたために、ハンガリー語以外の言語に翻訳して上演するのが困難で、外国で話題になりにくかった作品であるそうです。

❖知りたい心と愛

バラージュの『青ひげ公の城』では、三人の女性にユディットを加えた四人が、夜明けから真夜中までの一日のサイクルを順番に表すとされています。青ひげは、自分を愛したすべての女性と共に時間のサイクルを第七の部屋に封じ込めたので、この後は暗黒の心で生きていくのであろうと想像されます。

愛した人を過去に葬り去る人間(青ひげ)の身勝手と、愛を理由に他人の心理を無理に開示する人間(ユディット)の無礼さが拮抗し、幸福は訪れません。私たちは、愛することや他者との関係の中で生きることの難しさを、この作品を通して感じ取ることができます。

12『血だらけの部屋』——孤独と疑惑を超えて

完全な暗闇（くらやみ）。周囲には拷問道具。（……）母の気質が私を押して、あの恐ろしい場所へ私は進んで入った。最悪を知るという、冷たい恍惚（こうこつ）に浸（ひた）りながら。

「血だらけの部屋」、アンジェラ・カーター『血だらけの部屋』(Penguin Books, 1979)より

❖愛とは何かという問題

〈どうしたら幸せになれるのか〉はおとぎ話の時代から一貫したテーマです。物が豊富になかった時代や場所では、幸福とは〈食べるのに不自由のない生活〉をまず意味しました。それで、収入を得る自由がない女性と王子や金持ちなど物質的に恵まれた男性との結婚がおとぎ話になります。実際の庶民（しょみん）の生活では、十代で親元を離れて結婚するのは大変な不安を伴い、結婚前に知っておくべきことも少なからずあったに違いありません。伝承おとぎ話は、

庶民のそうした不安の解消と人生に必要な知恵の伝授にも役立っていました。

十九世紀末から二十世紀になると、人間同士の愛情が幸福度に深く関連するという理解が徐々に広まり、〈愛とは何か〉という問題が作品に入り込みます。ここで紹介する二十世紀の小説、アンジェラ・カーター（一九四〇―一九九二）作『血だらけの部屋』（一九七九）は、愛と孤独と疑惑とを主題にしています。

この短編小説では、主人公の好奇心は夫の「心を開ける」ことに使われると明言される一方、他人の心を開ければ「地獄」が開くとも書かれています。この見方は先に紹介したバラージュ・ベーラの『青ひげ公の城』を引き継ぐものですが、カーターの作品では、「地獄」を通過した後に主人公が新たに得た愛がどのようなものかが詳しく示されます。困難によって鍛えられてこそ、主人公は愛する人と価値ある関係を築けると作者は言いたげです。

図 4-3　処刑を目前に、助けを求めるヒロイン。『血だらけの部屋』(Penguin Books, 1979)の表紙

物語はフランスを舞台に、主人公である「私」を語り手とする回想として進みます。

（物　語）

主人公は十七歳の娘でピアノの名手です。自分よりはるかに年上で裕福な侯爵のプロポーズを受け入れ、彼の城へ向かう長距離列車の中で彼女の物語りが始まります。彼女の母は植民地時代のフランス領インドシナで成長し、虎や海賊と戦ったこともある勇敢な女性です。出発前に母は「本当に彼を愛しているの？」と尋ねていました。

侯爵はすでに三回結婚しており、どの妻の死も真相は不明です。主人公は夫の顔が「仮面」のようだと感じ、彼の素顔をいつか見ることができるだろうかと考えます。婚約の贈り物のルビーのチョーカーは彼女の細い首を締め上げるようでしたが、それが似合っていることを意識すると彼女は「堕落の種が自分にはある」と感じます。

侯爵の城がある島は、潮が引いている昼間は本土と陸続きですが、潮が満ちてくると海の中に孤立し他の社会から追放されるようでした。新婚用にしつらえた城でくつろぐ間もなく侯爵は仕事で姿を消します。その間に彼女は、音楽室に調律されていないピアノを、図書室では性的な本を見つけます。

戻ってきた夫はまた急な仕事で六週間も留守にすると言い、妻に鍵の束を渡します。一本の小さな鍵だけは渡すのをためらいますが、強くせがまれて渡します。妻が「あなたの心を開ける鍵なの？」と尋ねると、侯爵は「いや、それは私の地獄を開ける鍵だ」と答え、その鍵を使って西の塔の奥にある小部屋を開けてはいけないと固く禁じます。

侯爵が去った翌朝、盲目の若いピアノ調律師と主人公が知り合います。音楽好きな二人の気持ちが、かすかに通い合います。その後主人公は一人になり、孤独に襲われ、母に電話をかけ泣き出しますが、電話はすぐに切れます。

することのない主人公は、城の部屋を次々に開けて棚や引き出しの書類を調べ回り、「本当の彼」「彼の心」を探します。そのうちに、先の三人の妻のラブレターを見つけます。夫の心のありかを探すのに夢中になった彼女は、禁じられた鍵を使って最後の部屋を開けます。

真っ暗なその部屋に入ったとき、主人公は母親の勇敢さが自分に備わっていることを意識します。そこは侯爵の拷問部屋でした。彼女はマッチを擦り続け、三人の先妻の拷問された死体を見つけました。三番目の妻は殺されたばかりで、まだ血が流れていて、その血の中に彼女は鍵を落としてしまいます。

寝室へ行きたくなかった主人公は音楽室へ逃げます。母親に電話をしますが電話線が切れていました。落ち着こうとしてピアノを弾くと、盲目の調律師ジャン＝イーヴが来ました。物音を聞きつけて心配したのです。彼女は彼にすべてを話します。翌朝、夫が前触れもなく車で帰ってきます。そして、妻に鍵を返すように求めます。

主人公は、血に汚れた鍵を持って自分が処刑される中庭へ向かいます。侯爵は頭を両手に抱えて絶望にうなだれていました。主人公は怪物のようなこの男性が、実は深い孤独に苦しんでいると知り、震えるほど哀れに感じます。侯爵は妻を跪かせて、血に汚れた鍵をその額に押し当てます。それによって彼女の額には、生涯消えない赤いアザが残りました。中庭には調律師のジャン＝イーヴも来ていましたが、侯爵はそれにも構わず処刑の準備を進めます。

大きな剣が振り上げられた瞬間、猛烈な馬の蹄の音が聞こえ、侯爵の腕が止まります。主人公の母が前夜の電話で娘の危険を感じ取って城へ向かい、駅でタクシーが見つからなかったので、とっさに馬で駆けつけたのでした。母は、一瞬のためらいもなく侯爵の頭を銃で撃ちます。主人公の父親が形見に残した軍隊用回転式連発拳銃でした。

主人公は侯爵の財産を相続しますが、ほとんどを寄付し、城は盲学校になりました。彼女はジャン＝イーヴと結婚して小さな音楽学校を開き、母も一緒に暮らしています。額の赤いアザは盲目の夫には見えないので、主人公は「恥ずかしい思いをしないですむ」ということです。

◇◇◇◇◇◇◇◇◇◇◇◇◇

❖「本当の顔」が知りたい

この作品に登場する侯爵は、「サディズム」の語の由来としても知られる、フランスのサド侯爵がモデルともいわれています。侯爵の暴力的な性癖がこの作品では具体的に描かれて、おとぎ話のバージョンより現実味があります。また、母親が馬で駆けつけて銃で侯爵を撃ち娘を助けるなど、女性の強さが全面に出ています。

でも私たちは、侯爵に対する主人公の好奇心にまず注目してみましょう。まだ少女とさえいえる若さのヒロイン(「私」・小説の語り手)は、自分に求愛した男性の「本当の顔」が知りたくてたまりません。それは、「自分に会う前にこの世で彼が過ごした人生のすべてを真に反映している、そんな顔」です。作品の前半で繰り返し述べられているのは、「本当の彼」「彼の心のありか」を知りたいという、彼女の熱望です。

知りたいという気持ちは、侯爵が彼女をないがしろにして仕事に出かけてしまうと、抑え難(がた)いものになりました。寂しさに耐えられない十七歳の少女は母に電話をかけますが、十分に話すことができません。この環境での侯爵の行為は、主人公がどれほど孤独に耐えられるかを試しているように思えます。

侯爵は、「一つだけの妻への隠し事」と彼が述べる「地獄」の部屋を開けることを主人公に禁じましたね。他方で、三人の先妻について、人生経験に乏(とぼ)しい彼女の想像が追いつかないような情報(ラブレターなど)を見えるようにしておき、疑惑と好奇心をわざと掻(か)き立てています。侯爵はこの心理ゲームを楽しみつつ、しかし彼女が禁じられた部屋を開けたと知ると、悲しみ、絶望します。

このように作品をたどると、他人の心のすべてをのぞき見ることは関係の破壊につながるという、この前に紹介したバラージュ・ベーラの『青ひげ公の城』と同じ人間理解が読み取れます。ですがカーターの『血だらけの部屋』はそこで終わらず、主人公は『ミスター・フォックス』のメアリーのように、恐怖に青ざめつつも、自分を救う方策に全力を注ぎ始めます。おとぎ話のハッピーエンド形式に向かうのです。この点について、次にお話しすることにします。

❖愛を知るステップ

『血だらけの部屋』には、愛とは何かという問いに答えようとする表現がいくつか出てきますが、それはどれもハッピーエンドにつながる愛ではありません。最初、主人公が侯爵に惹きつけられたのは、自分とかけ離れた彼の存在や財産でした。侯爵の側には殺人の歴史を持つ家系と過去に歪(ゆが)められた人格ゆえの深い孤独があり、疑いを知らない無垢(むく)な主人公にはミステリアスな彼が魅力的に感じられたと思われます。

この短編小説で注目すべきなのは、語り手の主人公が侯爵の秘密を知った後、彼がいかに残虐でいかに寂しいかということに、彼女が心を動かされている点です。彼女はもう侯爵を愛してはいませんが、以前よりはるかに深く彼を理解できています。侯爵の仮面は落ちたのです。そして、はからずも侯爵が彼女に残した財産は、恵まれない人々に対する彼女の愛を示すものとなりました。タブーを犯すほどの主人公の好奇心が、博愛の結果を導きました。

主人公は調律師のジャン＝イーヴと結ばれて、物語はおとぎ話の形式にかなうハッピーエンドです。彼女とジャン＝イーヴは、どのように愛を育んだのでしょうか。この二人の関係は、彼女と侯爵との関係とはどう違うのでしょう。

ジャン＝イーヴは、ピアノの不調を完璧に治すことができました。ピアノは主人公が彼女らしさを取り戻すのに必要なもの、心の拠り所です。秘密の部屋を見た後で主人公が冷静さを取り戻せたのも、ピアノの調律ができていたからでした。音楽室は避難場所であり、同じ場所がジャン＝イーヴの仕事場所でもあります。

音楽室には二人の愛する音楽があり、二人は会話することもできます。彼は、侯爵の暴力に対しては無力で主人公を救えませんでしたが、命をかけてそばにいようとしました。もしも、主人公に好奇心がなかったら、彼女は一連の恐怖を知らずにすんだでしょう。一方で、ジャン＝イーヴの価値に気づくこともなく、二人が結ばれることもなかったでしょう。

好奇心は主人公を危険にさらしましたが、幸福に至る愛をもたらしました。彼女が自分の力に目覚めて積極的に行動を選び始めるのは、血だらけの部屋に踏み込んだ時です。

❖現代のおとぎ話

この作品のもうひとつの特徴は、最後に主人公を救うのが兄弟ではなく、パートナーとなるジャン＝イーヴですらなく、母親だということです。女性である母親が、勇敢で判断力に優れ戦闘能力が高い。男性の典型的な属性を持つだけの母なのかと思えばそんなことはなくて、娘のトラブルを予測し気遣い（きづか）いの言葉をかけています。主人公が結婚の決断をした時の「本当に彼を愛しているの？」という問いからは、母親が愛とは何かを知っているとわかります。

伝承おとぎ話の女性主人公たちには、賢く勇気があり自ら幸福を手にする者も少なくありませんが、彼女たちの母親は、多くの場合亡くなっていて不在か、娘に害を加えて追い出し、間接的に娘の自立を促（うなが）すかのどちらかです。それに対してこの作品の母親は、娘が「本当に愛している」と思える人と生活を成り立たせるまでの自立を援助しています。

母の愛も調律師との愛も、共にこの作品の描きどころです。幸福は物質に恵まれることだけではないし、愛は結婚を前提にした男女間のみに育まれるものでもない。自立には危険が伴うが助けてくれる人はきっと身近にいる。カーターの『血だらけの部屋』は、そう教えてくれています。暴力と性と愛をテーマにした現代のおとぎ話です。

おとぎ話の
モヤモヤ
Q&A
5

おとぎ話の語り手にとって「幸せ」とは

おとぎ話の語り手にとっての幸せとは、安心して眠る場所があり生涯飢えないだけの十分な食べ物があること、人々が争わず自然の脅威がなく穏やかなこと。要するに、危害を避けて安楽な一生が全うできることでした。心の問題は、さほど関心の対象ではありません。まず身体が生き延びることが、とても困難だったからでしょう。また、子孫を残すことも重要な課題で、幸せの価値観に深く結びついていました。

そのために、財産を獲得したり子供ができて一家が繁栄したような場合に、その結婚は良いものとして描かれます。好きな人と暮らせる生活や気持ちの充実については直接語られることはありません。むしろ、心の豊かさを財産の豊かさで、気持ちの明るさを将来の安定感でたとえています。幸せの基準は、時代に即した解釈や感性、個人の事情によって変わるものなのです。

終章　おとぎ話はなぜ残酷でハッピーエンドなのか

❖おとぎ話を解釈する

おとぎ話は暴力のメタファー(たとえ・比喩・暗喩)に満ちています。この本を読んでくださった皆さんは、もうそれをご存知ですね。

おとぎ話がムゴい理由は、現実世界が暴力に満ちているからです。物語はその現実を写し、どう対処するかを伝えようとしています。そこに物語のエッセンス(存在意義)があります。この大事な部分を単純に削除してしまうと、話は力を失います。エッセンスを残しながら、現代人や子供向けにどう書き換えるかは、再話作家の腕の見せどころだといえます。

逆に、残酷な場面を拡大して強調するのも、やはり物語の真価を見失ったやり方です。おとぎ話が含む暴力はそれぞれに象徴的な意味を持ち、語られた時代の認識としてはおそらく最低限の暴力描写で収められています。たとえば、第3章で扱った『腕のない娘』系列の話では、切り落とされるのが腕や手であることが重要で、暴力への言及で聞き手を刺激したり怯(おび)えさせるのは目的ではありません。血が飛び散るなどの描写は何もないのです。

創作であるおとぎ話の中に起こる事件にはどのような意味があるのかを解釈して、物語が〈たとえ〉を通して提示するメッセージを理解できると、おとぎ話の深さが楽しめます。

❖人はどのように幸せにたどり着くのか

文字で書かれる前の筋書(すじが)きを残し大幅に書き換えられていない物語は、「人はどのように幸せにたどり着くのか」という普遍(ふへん)の関心事を、語りの中心に置いています。多くのおとぎ話が示すのは、生き残り方のレシピであるとともに幸福のレシピです。

おとぎ話の楽しみのひとつは、幸せに至るためには自分の中に何が必要で(材料)、どのような準備をし(下ごしらえ)、刃物や火をどう良いほうへと操り(調理)、暴力から回復した自分を誰にどのように提示し(配膳)、賞賛を得て幸福を共有するか、というプロセスを解読するところにあります。

この本で紹介した物語について、それぞれ幸福のレシピを書き出してみてはどうでしょう。人によって見つけるものは異なるはずです。たとえば第1章の『くるみ割りのケイト』について、ケイトが持つ幸福の材料を「王女」「美人でない」「姉思い」とする人もいるだろうし、「怖いもの知らず」「取引がうまい」「観察力がある」とする人もいるでしょう。

おとぎ話は、読み方に応じてメッセージを変化させます。悲しみを知っている人には悲しみの克服が幸福を招くと読めるし、苦手（嫌い）な知り合いがいて悩んでいる人には、相手の世界に取り込まれずにすむ方法を物語が示しているように読める。あなたは、どのお話の何が印象に残り、心のどんなところにそれが響きましたか。見つめてみてくださいね。

おとぎ話のスリルは、話を楽しみつつ、あなたがあなた自身を発見する点にあります。自由に想像して、物語を美味しい料理に仕上げるのは、あなたの人間理解と想像力です。

❖ロマンチックと暴力と

おとぎ話などの空想的な文学は、現代の漫画やショートノベルがそうであるように、残酷な要素を含んでいてもロマンチックなテーマへの憧れを重要な筋立てにしています。おとぎ話の場合には、王子との結婚によるハッピーエンドや家族の再生などが、それに当たります。

私たちが「ロマンチック」だと感じるのはいつかというと、非現実の美しさが開かれる時です。これは、エズラ・パウンド(一八八五—一九七二)というアメリカの詩人が『ロマンスの精神』(一九一〇)という本に書いていることなのですが、確かにそうだなあと私も思います。

姿を見せない夫キューピッドを禁を破って見てしまったプシケーが、彼に愛されたいという情熱だけで異世界を遍歴(へんれき)する苦難も、蟻(あり)や葦(あし)や鷲(わし)が彼女を助ける奇跡も、高い塔が死の淵(ふち)から彼女を救うことも、物語に非現実さが積み重なるほどに美しく、不思議に説得力を増します。その頂点でキューピッドとプシケーの再会と結婚がカタルシスをもたらし、ロマンチックな天上のキラキラがあふれます。人の心は、美を求めて空想するものなのですね。

私はこの本で皆さんに、おとぎ話の暴力をメタファーとして解釈し、現実世界の理解に繫(つな)げてくださいとお願いしました。これに加え、空想的でロマンチックな設定もメタファーとして解釈してほしいと思います。そうすると、人の心が、満ち足りるために求めるものがわかるからです。私たちは、王子や神様と結婚したいわけではなく、自分を磨(みが)いた後に、それを認めて自分を必要としてほしい、自分をとりまく世界に愛してほしいのだということが。

❖終わりに

「おとぎ話はなぜ残酷でハッピーエンドなのか」。私たちはこの問いから出発しました。私は私なりの答えをこの本に書きました。次は、あなたご自身の解答を見つけてくださいね。そして、「これが幸せ」と思う自分の物語にたどり着いてくださいますように。

読書案内

おとぎ話・民話・昔話を集めた本は数多くあります。ここでは手に取りやすい文庫版を中心にご紹介します。現在品切れの本もありますが、図書館などで探してみてください。電子書籍になっている本も多くあります。

●この本に関連する文芸おとぎ話集と文学作品

◇アンデルセンの童話集

『アンデルセン童話集』全三冊、大畑末吉訳、岩波少年文庫、二〇〇〇年

『完訳 アンデルセン童話集』全七冊、大畑末吉訳、岩波文庫、一九八四年

そのほか、『アンデルセン童話集』（荒俣宏訳、新書館、二〇〇五年、ハリー・クラークによる挿絵）や『豪華愛蔵版 アンデルセン童話名作集』（矢崎源九郎訳、静山社、二〇一一年、デンマークで出版された初版本の挿絵入り）など、美しい函入り本も出版されています。

◇ペローの童話集

『ペロー童話集』天沢退二郎訳、岩波少年文庫、二〇〇三年
『完訳 ペロー童話集』新倉朗子訳、岩波文庫、一九八二年
『ペロー童話集 付＝詩集 ときは春』荒俣宏訳、新書館、二〇一〇年（ハリー・クラークによる挿絵）

◇『アンジェラ・カーターのおとぎ話集』

Angela Carter's Book of Fairy Tales, collected by Angela Carter. London: Virago Press, 1990: 2005.

カナダの小説家アンジェラ・カーター（本書の第4章で紹介した小説『血だらけの部屋』の作者）が良いと思った民話を選び、既存の英訳バージョンを編纂（へんさん）してまとめた本です。本書の各章で紹介した最低一つの物語は、このアンソロジーに載っています。英語の好きな人は、本書の物語要約を参考にしながら、ぜひ英語で全文を読んでくださいね。英語のタイトルや、どれが『アンジェラ・カーターのおとぎ話集』に載っているかは、巻末の引用・参考文献

一覧で確認できます。電子版もあります。

◇関連文学作品

アスビョルンセン編『太陽の東　月の西』佐藤俊彦訳、岩波少年文庫、二〇〇五年

アティーク・ラヒーミー『悲しみを聴く石』関口涼子訳、白水社、二〇〇九年

ジョージ・マクドナルドほか『狼女物語――美しくも妖しい短編傑作選』ウェルズ恵子編・解説、大貫昌子訳、工作舎、二〇一一年

バラージュ・ベーラほか『青ひげ公の城――ハンガリー短編集』徳永康元編訳、恒文社、一九九八年

●民話・昔話集

【岩波少年文庫】

『グリム童話集』上下巻、佐々木田鶴子訳、二〇〇七年

イタロ・カルヴィーノ『みどりの小鳥――イタリア民話選』河島英昭訳、二〇一三年

【岩波文庫(民話集)】

『アファナーシエフ　ロシア民話集』上下巻、中村喜和編訳、一九八七年
『イギリス民話集』河野一郎編訳、一九九一年
『エスピノーサ　スペイン民話集』三原幸久編訳、一九八九年
『オルトゥタイ　ハンガリー民話集』徳永康元・石本礼子・岩崎悦子・粂栄美子編訳、一九九六年
『カルヴィーノ　イタリア民話集』上下巻、河島英昭編訳、一九八四―八五年
『完訳 グリム童話集』全五冊、金田鬼一訳、一九七九年
『フランス民話集』新倉朗子編訳、一九九三年

【福音館文庫(昔話)】

『イギリスとアイルランドの昔話』石井桃子編訳、一九八一年
イタロ・カルヴィーノ再話『カナリア王子――イタリアのむかしばなし』安藤美紀夫訳、二〇〇八年
『吸血鬼の花よめ――ブルガリアの昔話』八百板洋子編訳、二〇〇五年

『グリムの昔話』全三冊、フェリクス・ホフマン編、大塚勇三訳、二〇〇二年
『ロシアの昔話』内田莉莎子編訳、二〇〇二年

【ちくま文庫】
『完訳 グリム童話集』全七冊、野村泫訳、二〇〇五―〇六年
『グリム童話』上下巻、池内紀訳、一九八九年

【単行本】
『ベスト・セレクション 初版グリム童話集』吉原高志・吉原素子編訳、白水社、一九九八年

●その他(研究書など)

小澤俊夫『昔話のコスモロジー――ひとと動物との婚姻譚』復刻版、小澤昔ばなし研究所、二〇一四年
「昔話・民話とは何か」の説明に始まり、動物と人間が結婚する世界の民話を比較していま す。「あとがき」に、人が何を残酷と感じるかは文化に強く影響を受ける、という印象的な

エピソードが紹介されています。

カール＝ハインツ・マレ『首をはねろ！――メルヘンの中の暴力』新装版、小川真一訳、みすず書房、一九九八年

著者は、メルヘン(おとぎ話)には「目を見はるような現実性」があると論じています。暴力を呼び起こす要素と暴力行為を阻止する要素を明らかにしようとした本です。

河合隼雄『昔話の深層――ユング心理学とグリム童話』講談社＋α文庫、一九九四年

「昔話のすさまじさを知ってほしい」という動機で書かれた本です。おとぎ話とは、「死を忘れようとする人たちに（……）人生における戦慄をあらためて体験せしめる」と論じています。本書でも扱った知ることの悲劇や、自分の意志とは別に行動して自分に影響を与えるもう一人の自分(影・シャドー)についての考察もあります。

ジャック・ザイプス『おとぎ話が神話になるとき』吉田純子・阿部美春訳、紀伊國屋書店、一九九九年

「おとぎ話は、私たちの知らない何か」を知っていて、「私たちの人生を支配する嘘でもある」と著者は述べます。ディズニーがおとぎ話の解釈に及ぼした影響についても分析しています。

マックス・リュティ『ヨーロッパの昔話　その形と本質』小澤俊夫訳、岩波文庫、二〇一七年
おとぎ話の性質を説明した本です。おとぎ話では「奇跡」は「贈り物」であって、「主人公はかならず、ちょうどそのとき必要としているものをもらう」とあります。おとぎ話の主人公には奇跡を得る理由が備わっているということですね。

マックス・リュティ『昔話の本質と解釈』野村泫訳、福音館書店、一九九六年
各章で物語を一つ取り上げ、類話(るいわ)を比較して昔話の性質や解釈を述べた本です。「いばら姫」「ラプンツェル」「白雪姫」などが取り上げられています。物語のバリエーションを紹介していて、同じ著者による『ヨーロッパの昔話』より読みやすいと思います。

守屋慶子『子どもとファンタジー——絵本による子どもの「自己」の発見』新曜社、一九九四年
空想的作品では読み手の年齢や文化によって感じ方や理解が異なることを、スウェーデン、韓国、日本の場合で比べて示しています。物語は、自分が理解している世界のたとえとして読まれる(自分の現実世界の象徴として理解される)とわかります。

ロバート・ダーントン『猫の大虐殺』海保眞夫・鷲見洋一訳、岩波現代文庫、二〇〇七年
民話を強引に心理学的に解釈することを批判し、民話が成立した歴史社会的背景に考慮して解釈することを論じています。「赤ずきん」「青ひげ」「ラプンツェル」などの分析を含みます。

あとがき

　この本の原稿を書き終え、ほっとして少しした時、私は高所から転落して、右肘関節の骨が粉々になるという大怪我をしてしまいました。医師は手術で腕の筋肉を切り、複雑な処置を施すためにやむをえず上腕の骨も切りました。手術の全身麻酔から目覚めたのち、私は全く動かない右手右腕をかたわらに、ただ痛みに耐えて来る日も来る日も病院のベッドに横たわっていました。

　これまで大した病気や怪我をしたことがなかった私には、自らの身体が不自然に深く傷つく経験が耐え難く、ショックでした。私の腕と手はどうなってしまうのだろうという不安と苦痛の中で、考えていたのは『腕のない娘』のおとぎ話です。両手両腕を切り落とされて森をさまようなんて、どれほど痛く苦しかっただろうと思いました。何かが私を、腕のない少女に招き寄せたのではないかとさえ思いました。

今度の怪我は右腕でしたが、私は生まれつき左手が不自由です。子供の時は特に、「気持ち悪い」と言われるので友達に見られたくなくて、いつも手をポケットに入れていました。大人になってからは度胸がつきましたが、それでも左手は私にとって添え物でしかありませんでした。ところが主役の右手がダメになって、突然、不自由な左手で何もかもなんとかしなければならなくなったのです。隠すどころの騒ぎではありません。

自分の左手が不自由なことを心に刺さったトゲのように隠し持って生きてきた私が、腕のない少女について本を書き、その直後に自分自身の両手ともが不自由になった……。この意味は何なのだろうと、病院のベッドで悶々と考えました。私が考えたことのすべてをここには書けないので、ひとつだけ記します。

――私だけではないのです。誰もが、何かのトゲを心に刺したまま、痛みを抱えて生きている。そのトゲに導かれ、自分のおとぎ話に出会い、「なぜそこまで?」と思うほど主人公が繰り返し経験する苦しみと奇跡の回復を、想像力の中で追体験する。おとぎ話を追体験する時、人はモヤモヤしてしんどい異世界にいるけれど、いつか必ず現実に戻って、自分について話せる時がくる。言葉に導かれた現実は、光の中にある。人はみな、そのように生きているのだ、自分の言葉で、光のある現実に戻らなければいけないのだ、と私は思いました。読者の皆さんが自分のおとぎ話に遭遇(そうぐう)し、その意味を考え抜くのは、病院のベッドの上かもしれないし、ご自分の部屋の中かもしれない。じっと痛みに耐えて、でもいつかきっと「そういうことなんだ」と受け入れて、光の中へ出てくる日がある。私はそれを信じます。

何百年にもわたって語りつがれ、書き換えられつつ生き延びている物語や、ものすごくたくさんの人が長い間、イイネ！と思ってきた歌や世界の民謡には、現実を教える真実が潜(ひそ)んでいます。この本は、そういう真実を探しながら、私が発見したことを書いたものです。でも、一人で全部発見したのではありません。この本に書いたことは、大学と大学院の講読の授業で、学生や院生の物語への反応と疑問を受け止めつつ、私なりに考えたことです。テキストは「読書案内」でも紹介した、『アンジェラ・カーターのおとぎ話集』でした。

私の知識は、主に西洋の民話研究に基づいています。民話研究では、その物語が収集された経緯および収集者の研究や物語の構造分析、類話(るいわ)どうしの異なる点を比べるテクスト異同や解釈の研究、最近では「ナラティヴスタディ」として語る行為についての研究など、広く深く学ぶ方法がたくさんあります。心理学分野でもおとぎ話の分析をします。

ところが私の場合、研究方法を徹底しようとすると物語の楽しさが遠のき、なぜ物語を読んでいるのかわからなくなってしまうのが悩みでした。それで、先行研究をマスターしようという努力を緩め、おとぎ話と正面から向き合うことにしました。ですので、この本は私の「読み」の物語でもあります。

神話は世界の仕組みと深い人間洞察を含みますし、伝説には英雄や立派な人々が出てきます。それでも私は、おとぎ話のほうが好きです。主人公が、ワケもわからずややこしいことに巻き込まれて苦労して、でも幸せになるからです。失敗したって助けてくれる人はきっといる、魔法や奇跡は主人公自身が呼び寄せる運なのだと気づいたら、「これは私のためのお話だ」と思えます。

そして同じ物語を「自分のためのお話」と思った人は、昔々からずっと、無数にいたのです。私自身もそうした一人にすぎない。そう考えると気持ちが楽になります。星の数のようにたくさんのイイネ！が、遠い昔から連鎖している、その中に私もいるなんて、素敵だなあと思うのです。

本書の執筆にあたり、多くの方々にお世話になりました。授業で一緒に読んだり議論してくれた学生・院生の皆さん、ありがとうございました。なかでも二〇二二と二三年度の大学院クラスの受講生には、下書き原稿に有益なコメントをいただきました。サブカルチャーの情報収集にもご協力いただきました。たいへん感謝しています。また、娘のウェルズ桜からはイスラーム関係の記述について助言をもらいました。ありがとう。

これら若い方々の助けがあって、昔のおとぎ話が現代文化にさまざまな形でよみがえっている様子を知りました。アニメ、映画、漫画、テーマパーク、ゲームなど、まさに二十一世紀前半はおとぎ話の時代です。これまでおとぎ話は、大雑把(おおざっぱ)にいって、口頭伝承(声)と文芸おとぎ話(文字)に分けて研究されてきました。ですが今後は、ネットワーク上でのおとぎ話の転用や三次元のおとぎ話文化に注目して、ダイナミックなアプローチが増えるでしょう。そういう研究もまた楽しいはずです。

最後になりましたが、岩波書店の編集者である村松真理さんからは、非常に優れた多くのご助言とご理解とをいただきました。本書の仕上げの段階で私が怪我をした時は、思いやりの言葉をおかけくださると共に、辛抱強く回復をお待ちくださいました。村松さんの導きと励ましがなかったら、この本は完成しませんでした。村松さんと一緒にこの本を作れたことがとても嬉しく、心からお礼申し上げます。

二〇二四年八月

ウェルズ恵子

引用・参考文献一覧

引用文献

＊物語の紹介冒頭の引用文は、翻訳者を示していない場合は、以下のテクストからの筆者による翻訳です。本文中の「物語」は筆者による要約です。

第1章　話してはならない呪い

1『ざくろ姫』
"Nourie Hadig." *100 Armenian Tales and Their Folkloristic Relevance*, collected and edited by Susie Hoogasian-Villa, 84-91. Wayne State University Press, 1966.
"Nourie Hadig." *Angela Carter's Book of Fairy Tales*, collected by Angela Carter, 200-206. Virago Press, 1990: 2005.
2『くるみ割りのケイト』
"Kate Crackernuts." *English Fairy Tales*, collected by Joseph Jacobs, 198-202. The Project Gutenberg eBookで見ることができます。(https://www.gutenberg.org/ebooks/7439)
"Kate Crackernuts." *Angela Carter's Book of Fairy Tales*, 18-20.
3『十二羽の野鴨』
"The Twelve Wild Ducks." *Popular Tales from the Norse*, translated by George Webbe Dasent, collected by Peter Christen Asbjørnsen and Jørgen Moe, 59-68. Edinburgh: Edmonston and Douglas, 1859. HathiTrust Digital Library Collectionで見ることができます。(https://babel.hathitrust.org/cgi/pt?id=mdp.39015050916983&seq=9)
"The Twelve Wild Ducks." *Angela Carter's Book of Fairy Tales*, 243-248.
図1-3 "The Twelve Brothers." *The Red Fairy Book*, edited by Andrew Lang, 274-281. Longmans, Green and Compa-

ny, 1895. Google Books で見ることができます。(https://www.google.co.jp/books/edition/The_Red_Fairy_Book/bm8AAAAAMAAJ?hl=en&gbpv=1&printsec=frontcover)

第2章　異世界から来た恋人

4『キューピッドとプシケー』

Apuleius. "The Tale of Cupid and Psyche." *The Golden Ass*, translated by P. G. Walsh, 75-113. Oxford World's Classics, 1994: 2008.

アプレイウス『黄金のろば(上)』呉茂一訳、岩波文庫、1956。

5『太陽の東、月の西』

"East o' the Sun, and West o' the Moon." *Popular Tales from the Norse*, 25-40.

"East o' the Sun, and West o' the Moon." *Angela Carter's Book of Fairy Tales*, 129-138.

図 2-2　"East o' the Sun, and West o' the Moon." *East of the Sun and West of the Moon: Old Tales from the North*, illustrated by Kay Nielsen. New York: George H Doran Company, 1914. The Project Gutenberg eBook で見ることができます。(https://www.gutenberg.org/ebooks/30973)

6『美人娘イブロンカ』

"Pretty Maid Ibronka." *Folktales of Hungary*, edited by Linda Dégh, translated by Judit Halász, 46-57. University of Chicago Press, 1965.

"Pretty Maid Ibronka." *Angela Carter's Book of Fairy Tales*, 287-297.

第3章　暴力と奇跡

7『腕のない娘』

"The Armless Maiden." *Russian Fairy Tales*, translated by Norbert Guterman from the collections of Aleksandr Afanas'ev, 294-299. Pantheon Books, 1973.

"The Armless Maiden." *Angela Carter's Book of Fairy Tales*, 141-145.

8『自分の手を切った王女』
Philippe de Remi. "*La Manekine*, Text and Translation." Irene Gnarra, *Philippe de Remi's La Manekine: Text, Translation, Commentary*, 1–346. Garland, 1988.
Philippe de Remi. "The Romance of Manekine." *Manekine, John and Blonde, and "Foolish Generosity"* (Penn State Romance Studies), translated by Barbara N. Sargent-Baur. Pennsylvania State University Press, 2010. Kindle.
図 3-2 "The Handless Maiden." *Fairy Tales from Grimm*, with Introduction by S. Baring-Gould, and Drawings by Gordon Browne, 112–119. London: Wells Gardner, Darton, 1894. Toronto Public Library Digital Archive で見ることができます。(https://digitalarchive.tpl.ca/internal/media/dispatcher/2164691/fulli)
9『カルカヨナ姫の物語』
"The Story of the Maiden Carcayona, Daughter of King Nachrab, with the Dove." Mary Elizabeth Perry, *The Handless Maiden: Moriscos and the Politics of Religion in Early Modern Spain*. Princeton University Press, 2005. Kindle. 原典の英訳です。全体はモリスコに関する研究書。
"Este es el rrecontamiento de la donzella Carcayona, hiya——hija——del rrey Nachrab, con la paloma." Guillén Robles, *Leyendas Moriscas*. vol. 1, 181–221. Madrid: Impr. de M. Tello, 1885. 中世スペイン語の原典。Internet Archive で見ることができます。(https://ia801307.us.archive.org/24/items/leyendasmoriscas01guil/leyendasmoriscas01guil.pdf)

第4章　開けてはいけない部屋
10『ミスター・フォックス』
"Mr. Fox." Joseph Jacobs, *English Fairy Tales*. London: David Nutt, 1890. *The Classic Fairy Tales, Second Edition*, edited by Maria Tatar, 199–201. W. W. Norton, 1999: 2017.
"Mr. Fox." *Angela Carter's Book of Fairy Tales*, 9–12.

11『青ひげ』
Perrault, Charles. “La Barbe bleuë.” *Histoires ou Contes du Temps Passé avec des Moralités* (1697), translated by Tatar as “Bluebeard” in *The Classic Fairy Tales, Second Edition*, 188-193.
Perrault. “Bluebeard.” *The Fairy Tales of Charles Perrault*, translated by Carter, 29-40. Avon Books, 1977.
12『血だらけの部屋』
Carter. “The Bloody Chamber.” *The Bloody Chamber*, 7-41. Penguin Books, 1979.

主要参考文献

ATU-AT-Motif Index. The University of Missouri Libraries. オンラインで見ることができます。(https://libraryguides.missouri.edu/c.php?g=1039894)。昔話を類型ごとに並べた目録で、これを使って類話を探せます。日本語版は『国際昔話話型カタログ　分類と文献目録』小澤俊夫監修、加藤耕義訳、小澤昔ばなし研究所、2016。
Bettelheim, Bruno. *The Uses of Enchantment: The Meaning and Importance of Fairy Tales*. Penguin Books, 1975: 1991.
Tatar, ed. *The Classic Fairy Tales, Second Edition*.
Zipes, Jack. *The Oxford Companion to Fairy Tales*. Oxford University Press, 2015.
ウンベルト・エーコ『文学について』和田忠彦訳、岩波書店、2020。

第1章　話してはならない呪い

Briggs, Katharine Mary. *An Encyclopedia of Fairies: Hobgoblins, Brownies, Bogies, and Other Supernatural Creatures*. Pantheon Books, 1976.
Wilde, Lady. *Ancient Legends of Ireland*. Chatto & Windus, 1919.

第2章　異世界から来た恋人

Apuleius. *The Golden Ass.*

Asbjørnsen, Peter Christen and Jørgen Moe. "White-Bear-King-Valemon." *Norwegian Folktales*, selected from the collections of Peter Christen Asbjørnsen and Jørgen Moe, 150-157. Pantheon Books, 1982.

Dégh. *Folktales and Society: Story-telling in a Hungarian Peasant Community,* translated by Emily M. Schossberger. Indiana University Press, 1962: 1969.

Dégh, ed. *Folktales of Hungary.*

Dégh, collected, transcribed, annotated, and introduced by. *Hungarian Folktales: The Art of Zsuzsanna Palkó*, translated by Vera Kalm. University Press of Mississippi, 1995.

Lang, ed. *The Red Fairy Book.*

Ortutay, Gyula, selected and edited by. *Hungarian Folk Tales.* Budapest: Kossuth Printing House, 1962.

第3章　暴力と奇跡

Black, Nancy B. *Medieval Narratives of Accused Queens.* University Press of Florida, 2003.

Lincoln, J. N. "The Legend of the Handless Maiden." *Hispanic Review*, vol. 4, no. 3 (Jul., 1936), 277-280. University of Pennsylvania Press.

López-Baralt, Luce. *Islam in Spanish Literature: From the Middle Ages to the Present*, translated by Andrew Hurley. San Juan: Editorial de la Universidad de Puerto Rico, 1992.

Sargent-Baur. "Introduction." Philippe de Remi *Manekine, John and Blonde, and "Foolish Generosity."*

Schlauch, Margaret. *Chaucer's Constance and Accused Queens.* New York University Press, 1927.

押尾高志『「越境」する改宗者――モリスコの軌跡を追って』風響社、2021。

『オルトゥタイ　ハンガリー民話集』徳永康元・石本礼子・岩崎悦子・粂栄美子編訳、岩波文庫、1996。

「手なし娘」、『こぶとり爺さん・かちかち山』関敬吾編、岩波文庫、

1956、25-31頁。

第4章　開けてはいけない部屋

Bettelheim. *The Uses of Enchantment: The Meaning and Importance of Fairy Tales.*

Leafstedt, Carl S. *Inside Bluebeard's Castle: Music and Drama in Béla Bartók's Opera*. Oxford University Press, 1999.

Hegedüs, Géza. "Balázs Béla." ハンガリーの作家バラージュ・ベーラに関する説明があります(ハンガリー語)。(https://mek.oszk.hu/01100/01149/html/balazsb.htm)

Kroó, Gy. "Duke Bluebeard's Castle." *Studia Musicologica Academiae Scientiarum Hungaricae*. T. 1, Fasc. 3/4 (1961) 251-340. (https://doi.org/10.2307/901511)

Tatar. *Secrets Beyond the Door: The Story of Bluebeard and His Wives*. Princeton University Press, 2004.

終 章

Pound, Ezra. *The Spirit of Romance*. London: J. M. Dent & Sons, 1910. Open Library で見ることができます。(https://openlibrary.org/books/OL14043177M/The_spirit_of_romance)

ウェルズ恵子
詩、歌、物語（＝声の文学）の研究者。立命館大学名誉教授。「声」や「音」と関係が深い文学と、文学が成り立つ環境としての文化についても広く研究。歌や物語が人間を苦しみから救う力を文学研究として立証したいと考えている。専門は英米文学・比較文化。おもな著書に、『フォークソングのアメリカ』（南雲堂）、『黒人霊歌は生きている』（岩波書店）、『魂をゆさぶる歌に出会う――アメリカ黒人文化のルーツへ』（岩波ジュニア新書）、『狼女物語』（編・解説、工作舎）など。

おとぎ話はなぜ残酷でハッピーエンドなのか
岩波ジュニア新書 993

2024年12月20日　第1刷発行
2025年 3 月 5 日　第2刷発行

著　者　ウェルズ恵子（けいこ）

発行者　坂本政謙

発行所　株式会社 岩波書店
〒101-8002 東京都千代田区一ツ橋 2-5-5
案内 03-5210-4000　営業部 03-5210-4111
ジュニア新書編集部 03-5210-4065
https://www.iwanami.co.jp/

印刷・精興社　製本・中永製本

ISBN 978-4-00-500993-0　　Printed in Japan

岩波ジュニア新書の発足に際して

きみたち若い世代は人生の出発点に立っています。きみたちの未来は大きな可能性に満ち、陽春の日のようにひかり輝いています。勉学に体力づくりに、明るくはつらつとした日々を送っていることでしょう。

しかしながら、現代の社会は、また、さまざまな矛盾をはらんでいます。営々として築かれた人類の歴史のなかで、幾千億の先達たちの英知と努力によって、未知が究明され、人類の進歩がもたらされ、大きく文化として蓄積されてきました。にもかかわらず現代は、核戦争による人類絶滅の危機、貧富の差をはじめとするさまざまな人間的不平等、社会と科学の発展が一方においてもたらした環境の破壊、エネルギーや食糧問題の不安等々、来るべき二十一世紀を前にして、解決を迫られているたくさんの大きな課題がひしめいています。現実の世界はきわめて厳しく、人類の平和と発展のためには、きみたちの新しい英知と真摯な努力が切実に必要とされています。

きみたちの前途には、こうした人類の明日の運命が託されています。ですから、たとえば現在の学校で生じているささいな「学力」の差、あるいは家庭環境などによる条件の違いにとらわれて、自分の将来を見限ったりはしないでほしいと思います。個々人の能力とか才能は、いつどこで開花するか計り知れないものがありますし、努力と鍛練の積み重ねの上にこそ切り開かれるものですから、簡単に可能性を放棄したり、容易に「現実」と妥協したりすることのないようにと願っています。

わたしたちは、これから人生を歩むきみたちが、生きることのほんとうの意味を問い、大きく明日をひらくことを心から期待して、ここに新たに岩波ジュニア新書を創刊します。現実に立ち向かうために必要とする知性、豊かな感性と想像力を、きみたちが自らのなかに育てるのに役立ててもらえるよう、すぐれた執筆者による適切な話題を、豊富な写真や挿絵とともに書き下ろしで提供します。若い世代の良き話し相手として、このシリーズを注目してください。わたしたちもまた、きみたちの明日に刮目しています。（一九七九年六月）

967 核のごみをどうするか
—もう一つの原発問題
今田高俊
寿楽浩太
中澤高師
原子力発電によって生じる「高レベル放射性廃棄物」をどのように処分すればよいのか。問題解決への道を探る。

968 扉をひらく哲学
—人生の鍵は古典のなかにある
中島隆博・梶原三恵子
納富信留・吉水千鶴子 編著
親との関係、勉強する意味、本当の自分とは？……人生の疑問に、古今東西の書物をひもといて、11人の古典研究者が答えます。

969 在来植物の多様性がカギになる
—日本らしい自然を守りたい
根本正之
日本らしい自然を守るにはどうしたらいい？ 在来植物を保全する方法は？ 自身の保全活動をふまえ、今後を展望する。

970 知りたい気持ちに火をつけろ！
—探究学習は学校図書館におまかせ
木下通子
レポートの資料を探す、データベースで情報検索する……、授業と連携する学校図書館の活用法を紹介します。

971 世界が広がる英文読解
田中健一
英文法は、新しい世界への入り口です。楽しく読む基礎とコツ、教えます。英語力不問、この1冊からはじめよう！

972 都市のくらしと野生動物の未来
高槻成紀
野生動物の本当の姿や生き物同士のつながりを知る機会が減った今。正しく知ることの大切さを、ベテラン生態学者が語ります。

973 **ボクの故郷は戦場になった**
――樺太の戦争、そしてウクライナへ
重延 浩
1945年8月、ソ連軍が侵攻を開始し、のどかで美しい島は戦場と化した。少年が見た戦争とはどのようなものだったのか。

974 **源氏物語入門**
高木和子
日本の古典の代表か、色好みの男の恋愛遍歴か。『源氏物語』って、一体何が面白いの？ 千年生きる物語の魅力へようこそ。

975 **「よく見る人」と「よく聴く人」**
――共生のためのコミュニケーション手法
広瀬浩二郎
相良啓子
目が見えない研究者と耳が聞こえない研究者が、互いの違いを越えてわかり合うためコミュニケーションの可能性を考える。

976 **平安のステキな！女性作家たち**
川村裕子
早川圭子絵
紫式部、清少納言、和泉式部、道綱母、孝標女。作品の執筆背景や作家同士の関係も解説。ハートを感じる！王朝文学入門書。

977 **国連で働く**
――世界を支える仕事
植木安弘編著
平和構築や開発支援の活動に長く携わってきた10名が、自らの経験をたどりながら国連の仕事について語ります。

978 **農はいのちをつなぐ**
宇根 豊
生きものの「いのち」と私たちの「いのち」はつながっている。それを支える「農」とは何かを、いのちが集う田んぼで考える。

979 10代のうちに考えておきたいジェンダーの話　堀内かおる
10代が直面するジェンダーの問題を、未来に向けて具体例から考察。自分ゴトとして考えた先に、多様性を認め合う社会がある。

980 食べものから学ぶ現代社会―私たちを動かす資本主義のカラクリ　平賀　緑
食べものから、現代社会のグローバル化、巨大企業、金融化、技術革新を読み解く。『食べものから学ぶ世界史』第2弾。

981 原発事故、ひとりひとりの記憶―3・11から今に続くこと　吉田千亜
3・11以来、福島と東京を往復し、人々の声に耳を傾け、寄り添ってきた著者が、今に続く日々を生きる18人の道のりを伝える。

982 縄文時代を解き明かす―考古学の新たな挑戦　阿部芳郎 編著
人類学、動物学、植物学など異なる分野と力を合わせ、考古学は進化している。第一線の研究者たちが縄文時代の扉を開く！

983 翻訳に挑戦！名作の英語にふれる　河島弘美
he や she を全部は訳さない？　この人物は「僕」か「おれ」か？　8つの名作文学で翻訳の最初の一歩を体験してみよう！

984 SDGsから考える世界の食料問題　小沼廣幸
アジアなどで長年、食料問題と向き合い、今も邁進する著者が、飢餓人口ゼロに向け、SDGsの視点から課題と解決策を提言。

985 迷いのない人生なんて ―名もなき人の歩んだ道 共同通信社編

共同通信の連載「迷い道」を書籍化。家族との葛藤、仕事の失敗、病気の苦悩…。市井の人々の様々な回り道の人生を描く。

986 ムクウェゲ医師、平和への闘い ―「女性にとって世界最悪の場所」と私たち 立山芽以子 華井和代 八木亜紀子

アフリカ・コンゴの悲劇が私たちのスマホに繋がっている？ ノーベル平和賞受賞医師の闘いと紛争鉱物問題を知り、考えよう。

987 フレーフレー！就活高校生 ―高卒で働くことを考える 中島 隆

就職を希望する高校生たちが自分にあった職場を選んで働けるよう、いまの時代に高卒で働くことを様々な観点から考える。

988 野生生物は「やさしさ」だけで守れるか？ ―命と向きあう現場から 朝日新聞取材チーム

多様な生物がいる豊かな自然環境を保つために、時にはつらい選択をすることも。悩みながら命と向きあう現場を取材する。

989 〈弱いロボット〉から考える ―人・社会・生きること 岡田美智男

弱さを補いあい、相手の強さを引き出す〈弱いロボット〉は、なぜ必要とされるのか。生きることや社会の在り方と共に考えます。

990 ゼロからの著作権 ―学校・社会・SNSの情報ルール 宮武久佳

情報社会において誰もが知っておくべき著作権。基本的な考え方に加え、学校と社会でのルールの違いを丁寧に解説します。

991 データリテラシー入門
―日本の課題を読み解くスキル
友原章典
地球環境や少子高齢化、女性の社会進出など社会の様々な課題を考えるためのデータ分析のスキルをわかりやすく解説します。

992 スポーツを支える仕事
元永知宏
スポーツ通訳、スポーツドクター、選手代理人、チーム広報など、様々な分野でスポーツを支えている仕事を紹介します。

993 おとぎ話はなぜ残酷でハッピーエンドなのか
ウェルズ恵子
異世界の恋人、「話すな」の掟、開けてはいけない部屋――現代に生き続けるおとぎ話は、私たちに何を語るのでしょう。

994 歴史的に考えること
―過去と対話し、未来をつくる
宇田川幸大
なぜ歴史的に考える力が必要なのか。近現代日本の歩みをたどって今との連関を検証し、よりよい未来をつくる意義を提起する。

995 ガチャコン電車血風録
―地方ローカル鉄道再生の物語
土井　勉
地域の人々の「生活の足」を守るにはどうすればよいのか？　近江鉄道の事例をもとに地方ローカル鉄道の未来を考える。

996 自分ゴトとして考える難民問題
―SDGs時代の向き合い方
日下部尚徳
「なぜ、自分の国に住めないの？」彼らが国を出た理由、キャンプでの生活等を丁寧に解説。自分ゴトにする方法が見えてくる。